DER SÜSSE TEIL

KYLIE GILMORE

Übersetzt von
ANNA DRAGO

Übersetzt von
KATRIN DOLLE

1

———

Manchmal braucht man einfach eine Familienpackung M&Ms ganz für sich allein.

Ich schiebe mir eine Handvoll in den Mund und trete aus meinem Haus in die kühle Winterluft von Clover Park, Connecticut. Zum Glück hat meine fünfjährige Tochter Sophie mein geheimes Schokoladenversteck im obersten Fach der Speisekammer noch nicht entdeckt. Ich habe sie bei meiner Zwillingsschwester Alice gelassen, um ein bisschen den Kopf freizubekommen.

Es ist ein paar Tage nach einem stressigen Weihnachten, bei dem Sophie in Tränen ausgebrochen ist, weil der Weihnachtsmann ihren geheimen Wunsch nicht erfüllt hat. Wenn ich nur wüsste, was sie sich gewünscht hat, könnte ich ihr erklären, dass unsere kleine Familie vollkommen ist. Sie hat meine Eltern, meine Schwester, Tanten, Onkel und Cousins, die alle in der Nähe wohnen. Aber sie will es einfach nicht akzeptieren.

Vielleicht ein Hündchen?

Ich kippe den Rest der M&Ms in den Mund. *Bin ich verrückt? Ein Welpe ist* keine Lösung. Unser Haus ist schon chaotisch genug mit dem Wirbelwind Sophie und den Renovierungsarbeiten, um mein altes viktorianisches Haus in ein

Inn zu verwandeln. Serenity Inn – weil ich mich nach Serenity, nach Ruhe sehne. Irgendwann.

Ich schlendere die Main Street entlang und bewundere die weißen Lichter, die in dekorativen Bögen über der Straße funkeln. Weitere Lichter sind um die Bäume gewunden, die die Straße säumen. Ich liebe Clover Park. Hier bin ich aufgewachsen, und hierher bin ich zurückgekehrt, damit Sophie die gleiche unbeschwerte Kindheit erlebt wie ich. Es ist eine malerische Kleinstadt rund um die Main Street mit Geschäften, Restaurants, ein paar Kirchen, dem historischen Ludbury House, einer Bibliothek und dem Baldwin Park. Etwas außerhalb erstrecken sich kilometerweite bewaldete Hügel mit Teichen und Bächen. Wunderschön, selbst im Winter.

Ich erreiche die Tür des Happy Endings, unserer lokalen Bar mit dem fröhlichen roten Schild, und bleibe stehen. Ein Glas Rotwein würde perfekt zu dem Zuckerschub der M&Ms passen. Ich trete ein, und die Wärme umhüllt mich wie eine Umarmung. Dieser Ort liegt mir am Herzen. Früher gehörte das Lokal meinen Großeltern, und als Kind habe ich hier viel Zeit verbracht. Rechts ist der Restaurantbereich, voller lebhafter Gäste. Der Raum ist mit bunten Ballons und Luftschlangen geschmückt. Wahrscheinlich eine Feier.

Mein Ziel liegt geradeaus – eine Theke aus dunklem Kirschholz. Der neue Besitzer hat hinten einen großen Raum mit Tanzfläche, einer alten Jukebox und Billardtischen angebaut. Vielleicht tanze ich nach einem Glas Wein, als gäbe es kein Morgen. Ha! Ich kann froh sein, wenn ich die Energie habe, auf einem Barhocker zu sitzen. Es ist nicht leicht, eine berufstätige alleinerziehende Mutter zu sein.

Nicht, dass ich mich beschwere. Ich liebe Sophie mehr als alles auf der Welt, sogar mehr als meine Zwillingsschwester. (Verratet Alice nicht, dass ich das gesagt habe.) Und das alte viktorianische Haus, das ich zum Inn umbaue, ist ein Geschenk meiner Urgroßmutter Maggie. Jetzt, da Sophie ganztags im Kindergarten ist, schien der perfekte Zeitpunkt, mein eigenes Unternehmen zu gründen.

Außerdem war das Haus zu groß für uns zwei, und Alice

und ich wollten unser Erbe nicht verkaufen. Als mir die Idee kam, wie ich es in der Familie halten kann, hat Alice mir ihren Anteil verkauft. Ich zahle es ihr noch zurück, aber wir haben einen Plan. Wenn das Inn erfolgreich ist, kann ich sie auszahlen, die Renovierungsschulden begleichen und für Sophie und mich sorgen. Kein Druck, oder?

Die Auszahlung der Lebensversicherung meines Mannes liegt auf einem Sparkonto, aber ich will sie nicht zu sehr antasten. Mein Plan ist, den Großteil für Sophies College-Fonds zu sparen.

Ich setze mich an die Bar und sehe einen Kellner mit Champagner herumgehen. Dann höre ich jemanden nach dem Ring fragen. Hoppla! Ich bin wohl in eine Verlobungsfeier gestolpert. Aber an der Tür hing kein Schild, dass das Lokal für eine private Veranstaltung geschlossen ist.

Ich lasse mich nieder und lächle den Barkeeper Cooper Campbell an. Er ist der Sohn des Besitzers. „Ich wusste nicht, dass ich bei einer Verlobungsfeier lande."

„Kein Problem, May", sagt Cooper. „Wir sind trotzdem offen. Was darf ich dir bringen?"

Er hat sofort gewusst, dass ich es bin und nicht meine eineiige Zwillingsschwester. Das ist nett. Nicht viele können uns auseinanderhalten. Es ist einfach, wenn man uns kennt. Alice ist die elegante, gefasste. Ich bin die erschöpfte.

„Respekt, dass du den Namen richtig hinbekommen hast", sage ich. „Ein Glas Merlot, bitte."

Er nickt, schenkt den Merlot ein und reicht mir das Glas.

„Das ist das letzte, versprochen", sagt er zu einer hübschen brünetten Frau direkt hinter mir. Ich sehe ihren glänzenden Diamantring. Ist das Coopers Verlobungsfeier? Und er arbeitet?

Ein großer, dunkelhaariger Mann lehnt sich neben mir über die Theke und klopft Cooper auf die Schulter. Er sieht umwerfend aus mit dichten Wimpern, hohen Wangenknochen und einem markanten Kiefer. Er ist so nah, dass ich die dunklen Stoppeln an seinem Kinn sehe. Eine Hitzewelle schießt durch meinen Körper. *Ich bin nicht alt genug für Hitze-*

wallungen! Er kommt mir bekannt vor, aber ich weiß nicht, warum.

„Was machst du hinter der Bar?", fragt der vertraute, gutaussehende Mann Cooper. „Komm da raus! Ich übernehme." Er geht hinter die Theke.

Unsere Blicke treffen sich, als er mir gegenübersteht, seine tiefbraunen Augen finden meine, und dann schenkt er mir ein sexy Lächeln, das ein Kribbeln an Stellen sendet, die schon lange nicht mehr gekribbelt haben. Zumindest nicht wegen eines Mannes. Mein Vibrator zählt nicht.

Plötzlich weiß ich, warum er mir bekannt vorkommt. Es ist Mason Shaw! „Ich kenne Sie! Sie sind der Typ aus *Hot Finds*! Ich liebe die Show!" *Hot Finds* ist diese witzige Sendung, in der Oldtimer restauriert und bei Auktionen verkauft werden. Mason moderiert sie. Ich schwöre, Frauen im ganzen Land schalten nur ein, um ihn zu sehen und sich vorzustellen, wie er mit seiner tiefen Stimme zu ihnen spricht. Natürlich nicht ich. Es ist das lockere Geplänkel zwischen Vater und Sohn, das mich fesselt. Sein Dad erklärt die technischen Details.

Okay, ich bin total ein Mason-Fangirl.

Mason stützt einen Ellbogen auf die Theke und kommt so nah, dass sein frischer Duft mich einhüllt. Mein Puls rast. „Das bin ich. Cool, dass du die Show schaust. Wir haben meist männliche Zuschauer."

„Sie sehen in echt noch besser aus!" Ich schlage mir die Hand vor den Mund, entsetzt. „Ich kann nicht glauben, dass ich das gesagt habe!"

„Sag, was du willst, ich liebe es, das zu hören. Ich bin Mason."

„Ich weiß." Ich lache. „Ich bin May. Meinen Großeltern gehörte dieses Lokal früher. Damals hieß es Garner's Sports Bar & Grill."

„Tatsächlich? Na, ich freue mich, dass du heute reingekommen bist, May."

„Ich mich auch." Ich könnte in diesen braunen Augen versinken. Wie ein Bottich voller Schokolade.

"Noch ein *M*-Name. Davon haben wir viele in der Familie. Meine drei jüngeren Brüder haben Namen mit *M*, zwei meiner Cousins und meine Mom." Der charmante Witz, den er im Fernsehen zeigt, ist im echten Leben zehnmal intensiver. Hundertmal.

"Und jetzt hast du noch ein *M* kennengelernt."

"May, du bist die Hübscheste von allen."

Ich halte die Luft an und überspiele es schnell. "Das hoffe ich, wenn du mich mit deinen Brüdern vergleichst!" Meine Stimme wird höher, was mich normalerweise peinlich berühren würde, aber er lacht, und ich lache mit.

"Mommy! Mommy!"

Sophie rennt direkt auf mich zu, ihre Zöpfe wie immer schief. Ich hebe sie hoch und entspanne mich mit meinem Mädchen in den Armen. "Hattest du Spaß mit Tante Alice?"

Sie nickt begeistert.

Alice sieht mich entschuldigend an. Ihr langes, hellbraunes Haar glänzt, fast wie Karamell. Schätze, ich mache mir selbst Komplimente. Ha! Alice sieht wie immer elegant aus in einem schulterfreien weinroten Pullover, grauen Skinny-Jeans und hohen Lederstiefeln. Bei mir ist heute Waschtag, also trage ich ein rosa T-Shirt, das in der Wäsche eingelaufen ist und einen Streifen Bauch freilässt, den ich ständig zu bedecken versuche, indem ich meinen marineblauen, knöchellangen Rock hochziehe. Eigentlich ein Sommerrock. Eine graue Strickjacke drüber, und zack – stylische Mom. Oder auch nicht.

"Tut mir leid", sagt Alice. "Ich habe sie so lange abgelenkt, wie ich konnte."

Mason starrt Sophie an, dann mich, Überraschung im Gesicht.

"Alleinerziehende Mom", sage ich und stelle Sophie ab.

Er wirkt unwohl. Gut so. Ich bin nicht im Dating-Modus. Es war nur nett, eine lokale Berühmtheit zu treffen. Er schaut schnell zwischen mir und Alice hin und her, merkt, dass wir identisch sind. Das sehen wir oft.

Sophie packt meinen Arm. "Mommy, das ist Mason von

Hot Finds!" Sie dreht sich zu ihm. „Kann ich ein Autogramm von dir haben?"

Er lächelt. „Klar." Er schnappt sich eine Serviette und sucht nach einem Stift. Ich krame einen aus meiner Handtasche und reiche ihn ihm. „Danke!"

Alice stupst mich an und flüstert: „Jetzt verstehe ich, warum du eine Autoshow schaust."

Ich werfe ihr einen warnenden Blick zu: *Lass es!* Ich muss besonders vorsichtig sein, kein Interesse an Männern zu zeigen, wenn Sophie in der Nähe ist. Den Fehler habe ich schon einmal gemacht.

Mason wendet sich an Sophie. „Für wen soll ich es schreiben?"

Sie legt den Kopf schief. „Hä?"

Er beugt sich zu ihr. „Wie heißt du?"

„Sophie Herman. Ich wohne in –"

Ich lege eine Hand auf ihre Schulter. „Wir geben unsere Adresse nicht jedem."

„Aber ich weiß sie!"

„Sophie ist schon okay", sagt Mason. Er schreibt auf die Serviette und schirmt mit der anderen Hand ab, was er schreibt.

Sophie stellt sich auf die Zehenspitzen und versucht, es zu sehen.

Als er fertig ist, präsentiert er die Serviette mit großer Geste.

„Wow", sagt sie leise.

Alice und ich beugen uns vor, um es zu sehen. Sophie kann lesen, weil ich es ihr beigebracht habe.

„Zeig mal", sage ich. Sie hält die Serviette hoch. Er hat geschrieben: Sophie, bleib so toll! Mason. Am unteren Rand hat er einen Sportwagen mit Heckflossen gezeichnet.

Sie drückt die Serviette an ihre Brust. „Warte, bis ich das Olivia H. zeige! Kann ich in deiner Sendung mitmachen?"

Ich runzle die Stirn. „Sophie, Mason war sehr nett, dir ein Autogramm und diese schöne Zeichnung zu geben. Bitte ihn nicht um noch mehr."

Sie faltet die Hände, die Serviette dazwischen. „Bitte, bitte, bitte!"

Sie klingt so verzweifelt mit ihrem Betteln. Ich will gerade sagen, dass wir gehen müssen, als Mason antwortet: „Wir drehen nur im Frühjahr. Tut mir leid! Den Rest des Jahres bin ich nur ein langweiliger Mechaniker."

„Der Frühling kommt nach dem Winter", sagt sie zu mir. „Winter, Frühling, Sommer, Herbst, immer wieder." Sie dreht sich stolz zu ihm. „Ich kenne die Jahreszeiten, ich kann meinen Namen schreiben, und ich kann lesen."

„Whoa!", sagt er.

Sie nickt eifrig. „Ich lese schon seit ich drei bin. Manchmal lese ich meiner Gruppe im Sitzkreis vor."

„Das ist beeindruckend." Er klingt ehrlich.

Sie strahlt und wirft ihre Zöpfe zurück. „Bald lerne ich Fahrradfahren. Mommy sagt im Frühling, also mache ich zwei Dinge. Das andere ist Ostern." Sie breitet die Arme aus. „Ich kann es kaum erwarten, bis Frühling ist!"

„Spannende Sachen", sagt er. „Osterhase und so."

Sie schaut mich an, bevor sie ihm sagt: „Wenn ich zum Geburtstag nicht kriege, was ich mir wünsche, frage ich den Osterhasen."

„Oder die Zahnfee", sagt er.

Sie klettert auf einen Barhocker, und ich helfe ihr hoch. „Was macht die Zahnfee?"

Er sieht mich an, und ich erkläre: „Wenn du einen Wackelzahn hast, fällt er irgendwann aus. Den legst du unter dein Kissen, und die Zahnfee nimmt ihn und hinterlässt Geld." Ich halte einen Finger hinter ihrem Rücken hoch. „Zum Beispiel einen Dollar."

Sophie bedeckt ihren Mund. „Aber ich mag meine Zähne!"

„Das sind nur die Milchzähne", beruhige ich sie. „Die machen Platz für deine großen Erwachsenenzähne. Wie meine."

Ich zeige ihr meine Zähne. Mason und Alice machen mit.

Sophie sieht Mason anbetend an. „Du weißt alles. Wenn

ich die Kerzen auf meinem Geburtstagskuchen auspuste, wünsche ich mir, dass *du* mein Daddy wirst."

Masons Kinnlade fällt. Ich erstarre, peinlich berührt.

„Oje", murmelt Alice.

„Sophie, wir müssen nach Hause", sage ich. „Es ist spät."

„Ich muss mal", sagt sie und streckt die Arme nach mir aus. Ich helfe ihr vom Hocker, und sie rennt zur Damentoilette.

„Ich gehe mit", sagt Alice und wirft mir einen mitleidigen Blick.

Mason schaut sich um und nickt einem älteren Mann zu, der uns beobachtet. Oh, das ist sein Vater, Parker Shaw. Mason blickt überallhin, nur nicht zu mir.

Ich schenke ihm ein schiefes Lächeln. „Der Weihnachtsmann hat ihr keinen Daddy gebracht, also ist sie wohl zum nächsten Feiertag übergegangen. Als Nächstes schreibt sie dem Osterhasen." Ich lache, um es herunterzuspielen.

Er lacht nicht.

Ich werde ernst. „Ihr Dad starb, als sie zwei war. Sie erinnert sich nicht an ihn."

„Oh, tut mir leid."

„Danke." Ich lege Sophies Serviette vorsichtig in meine Handtasche und trinke meinen Wein aus. „Ich schätze, sie fühlt sich im Kindergarten ausgeschlossen, weil sie gemerkt hat, dass alle ihre Freunde Väter haben." Ich seufze. „Als sie kapiert hat, dass sie die Einzige ohne ist, hat sie beschlossen, etwas zu tun. Sie ist ziemlich hartnäckig."

Er nickt.

Ich atme tief aus. „Jedenfalls date ich nicht, also muss sie wohl akzeptieren, dass ein Daddy kein Geschenk ist, das einfach so auftaucht."

Er lehnt sich näher, und ich bekomme schon wieder eine Hitzewelle. *Ich schwöre, ich bin zu jung* dafür! „Warum datest du nicht?"

Mein Kopf ist leer. Ich streiche mir die Haare zurück, völlig durcheinander von seiner Aufmerksamkeit, seinen tiefbraunen Augen, seiner Ausstrahlung. *Denk nach, May, warum datest du nicht?* „Ich habe eine junge, beeinflussbare Tochter, und ich bin zu beschäftigt, mein neues Inn für die Eröffnung vorzubereiten."

Und ich habe Angst, mich wieder zu verlieben. Es fühlt sich wie Verrat an meinem Mann an. Ich habe es mit Dating versucht. Einmal. Letztes Jahr habe ich mich locker mit einem Kollegen getroffen. Ich habe den Fehler gemacht, ihn Sophie vorzustellen, und sie hat sich an ihn gehängt. Als ich rausfand, dass er mich betrog, war es leicht, ihn gehen zu lassen. Aber Sophie war am Boden zerstört, als es vorbei war. Das ist Grund genug, Männern abzuschwören.

Bei Masons Nähe und meinem klopfenden Herzen, meinen glühenden Wangen, schaue ich mich um. *Aufregung? Himmel!* „Ist Cooper noch hier?"

„Wofür brauchst du ihn?"

„Mein Handwerker hat sich den Arm gebrochen, und ich hatte kein Glück, während der Feiertage Hilfe zu finden. Ich dachte, Cooper könnte ein paar kleinere Reparaturen im Inn machen."

„Alles, was mein Cousin kann, kann ich besser."

Mein Blick schnellt zu ihm. „Das ist kein Wettbewerb."

Er grinst. „Was brauchst du?"

„Ein Hirsch hat einen Teil des Wildzauns im Garten umgerissen –" Ich mime einen Hirsch, der über den Zaun springt „– und ich brauche eine Trockenwand im Gästezimmer repariert und neue Leuchten installiert. Den Elektriker bekomme ich erst in sechs Wochen. Ich will bald fertig sein, um Fotos für die Website und Werbematerial zu machen. Ich plane, am Valentinstag-Wochenende zu eröffnen."

Ein Mundwinkel hebt sich zu einem sexy Lächeln, das meinen Puls in die Höhe jagt. „Das bekomme ich hin. Ich stehe dir zur Verfügung."

Meine Hand wedelt durch die Luft. „Nein, schon gut. Ich finde schon jemanden. Du bist sicher super beschäftigt mit Arbeit und deiner Sendung."

„May, ich mache das. Ich habe diese Woche frei. Ich starte am Tag nach Silvester. Das gibt mir vier Tage und –"

„Aber das ist deine Urlaubszeit!"

Er steckt die Hände in die Hosentaschen. „Dank meinem Dad und meinen Onkeln bin ich gut ausgebildet. Glaub mir, ich weiß, wie man mit den Händen arbeitet."

Ich ziehe meinen Kragen vom Hals, verzweifelt bemüht, mich abzukühlen. *Flirtet Mason Shaw mit mir?*

Er reibt sich die Hände. „Abgemacht."

Ich starre auf seine breite Brust und denke nach.

Er ist fähig. Ich habe gesehen, wie er Autos in der Show repariert. Diese Arbeiten sind für ihn wahrscheinlich ein Kinderspiel.

Er ist sofort verfügbar.

Er ist umwerfend, aber das kann man ihm nicht vorwerfen.

Es wird höchste Zeit für das Inn. Wenn ich zum Valentins-tag-Wochenende eröffnen will, muss ich das erledigen. Dann kann ich Werbung machen, damit es ein Erfolg wird, meine Familie unterstützt, meine Schulden bezahlt. Ihr wisst schon, der ganze wichtige Erwachsenenkram.

„Danke", sage ich.

Er nickt, scheint erfreut, dass ich sein großzügiges Angebot annehme.

„Ich zahle dich natürlich. Ich brauche nur ..." Ich breche ab, als er mich mit dem Finger näher winkt. Ich schlucke hart und beuge mich vor.

Seine Stimme wird rau. „Ich mache es umsonst, wenn ich dich mal auf einen Drink einladen darf. Nur ein Drink, kein Druck."

Das klingt wie der Anfang einer Verführungsszene. Bevor ich mit einem fröhlichen Danke, aber das ist nicht nötig antworten kann, grabschen kleine Hände nach meiner Strick-jacke. „Ich muss meine Hände abtrocknen", zwitschert Sophie und benutzt meine Jacke dafür.

Ich schaue über die Schulter. „Warum hast du den Trockner auf der Toilette nicht benutzt?"

„Das ist die neue Sorte, die wie eine Handfalle aussieht."

Sie meint die Trockner, in die man die Hände für den Luftstrom steckt.

Ich ziehe sie hinter mir hervor. „Nächstes Mal trocknest du deine Hände an deinem eigenen Shirt."

„Aber dann wird mein T-Shirt nass!"

Mason lacht leise.

„Ich habe ihr gesagt, sie soll die Hände in der Luft schütteln", sagt Alice. Sie küsst meine Wange und drückt Sophie. „Tschüss, Mädels! Tschüss, Mason! Schön, dich kennengelernt zu haben."

Er hebt eine Hand. „Dich auch, äh, Mays Zwillingsschwester."

„Alice", ergänzt sie. „May war zu geblendet von deiner Ausstrahlung, um mich vorzustellen."

„Halt die Klappe!", zische ich.

Alice wackelt mit den Fingern und schwebt zur Tür hinaus.

Ich stoße die Luft aus und schenke Mason ein kurzes Lächeln. „Ich war von Sophie abgelenkt. Deshalb habe ich Alice nicht vorgestellt."

Er hebt die Brauen. „M-hmm. Habt ihr, du und Alice, je die Rollen getauscht?"

„Nicht mehr seit der Highschool."

„Meine Zwillingsbrüder lieben das. Und mein Onkel Josh und Onkel Jake, auch eineiig, haben bei den Frauen getauscht, die sie später geheiratet haben."

Ich spüre, wie ich neugierig werde und mehr wissen will, aber Sophie ist hier.

„Klingt nach einer Geschichte für ein anderes Mal", sage ich. „Leider müssen wir los. Danke nochmal, und ich zahle dich, okay?" *Keine Verführung hier.* Ich nehme Sophies feuchte Hand und drehe mich um.

„Wo ist dein Inn?", fragt er.

Ich bleibe stehen und drehe mich um. Das wäre echt hilfreich. Ich gebe ihm die Adresse.

„Ich weiß, wo das ist. Wenn es okay ist, schaue ich morgen vorbei, um zu sehen, was ich für die Reparaturen brauche."

Ich nicke. *Morgen. Ein hinreißender Handwerker! Das* ist mal was Neues. *Ooh! Vielleicht kann ich ihn* für *die Broschüre* fotografieren!

„Du kommst zu uns nach Hause?", ruft Sophie aufgeregt.

Er lächelt. „Klar doch."

Sie hüpft auf und ab. „Juhu!"

Ich ernüchtere. Ich will nicht, dass Sophie sich an einen Typen bindet, der nicht bleibt.

Ich scheuche sie zur Tür und verabschiede mich kurz über die Schulter.

„Mommy, du hast ihm unsere Adresse gegeben", sagt Sophie vorwurfsvoll. „Du hast gesagt, wir geben unsere Adresse nicht jedem."

„Ich weiß, aber das habe ich gemacht, weil er im Inn einiges reparieren wird."

Sophie plappert aufgeregt über Masons Besuch und wie sie ihm alle ihre Kuscheltiere zeigen will.

Vier Tage, das ist alles. Ich werde ihn irgendwie bezahlen. Das macht es zu einer reinen Geschäftssache. Keine Komplikationen. Kein gebrochenes Herz für ein kleines Mädchen. Ein Drink für kostenlose Reparaturen passt nicht zu mir. Ich weiß, wie Jungs denken. Ein Drink, dann ab zu ihm, Ba-da-Boom – One-Night-Stand.

Ich hatte noch nie einen One-Night-Stand, und ich habe nicht vor, jetzt damit anzufangen.

Ich stoße die Tür auf, erleichtert über die kalte Winterluft für meinen überhitzten Körper. Er ist nur ein Handwerker.

Das bekomme ich hin. Wirklich.

2

______

Mason

Ich nehme einen *pinken* Zettel von der Windschutzscheibe meines schwarzen Ford F-150 *Pick*-ups, überfliege ihn und zerknülle ihn. Diese Superfan, eine Frau, die ich mal im Happy Endings getroffen habe, lässt mich nicht in Ruhe. Sie hinterlässt ständig ihre Nummer und bittet mich, anzurufen, weil es WICHTIG ist. Ich sollte wohl ein Kontaktverbot beantragen, aber bisher hat sie nur Zettel an meinem Auto und Besuche bei Exotic and Classic Restoration, wo ich arbeite, hinterlassen. Meine Kollegen halten sie mir gut vom Leib.

Ich schaue mich auf dem Parkplatz der Pizzeria um, wo ich mir einen schnellen Happen geholt habe. Keine Spur von Evie. Ich hoffe, sie hat den Zettel dagelassen und ist weitergezogen. Dass die Pizzeria nah an meinem Haus liegt, gibt mir zu denken. Vielleicht ist sie mir von zu Hause hierher gefolgt. Meine Adresse ist nur eine schnelle Internetsuche entfernt.

Wenn sie bei mir auftaucht, sage ich ihr klipp und klar, dass ich nicht interessiert bin. Und wenn sie weiter versucht, Kontakt aufzunehmen, hole ich die Verfügung. Entscheidung getroffen. Ich steige in den Truck und schiebe sie aus meinen Gedanken. Ich bin auf dem Weg zu Mays zukünftigem Inn, um mich umzusehen.

May hat etwas an sich. Klar, sie ist wunderschön mit

ihrem karamellbraunen Haar und den funkelnden haselnussbraunen Augen, aber ich mochte auch ihr Lachen, ihre süße
Art, ihr sexy bauchfreies Top. Ich war ziemlich gefesselt von
dem Stück nackter Haut, bevor ihre Tochter auftauchte. Das
war ein Schock. May ist alleinerziehende Mutter, und sie hat
glasklar gesagt, dass sie nicht datet.

Trotzdem konnte ich nicht widerstehen, ihr einen Drink
im Tausch für die Reparaturen anzubieten. Ich erwarte nicht,
dass sie darauf eingeht, und ich frage nicht nochmal. Ich
respektiere ihre Grenzen.

Ich wünschte nur, ich könnte aufhören, an sie zu denken.

Selbst ihre eineiige Zwillingsschwester konnte mich nicht
ablenken. Eine andere Ausstrahlung. Ich grüble darüber.
Zwei gleich schöne Frauen, aber nur eine zieht mich an. Ich
stehe wohl auf süß und sexy, schätze ich.

Kurze Zeit später parke ich und gehe den vorderen Weg
zu Mays zukünftigem Inn hinauf. Ich habe das Haus schon
mal gesehen, als ich in der Stadt war, um meine Cousinen
gegenüber zu besuchen. Es ist ein klassisches viktorianisches
Haus, weiß mit schwarzen Fensterläden und einer umlaufenden Veranda.

Sophie drückt ihre Nase gegen ein Fenster und beobachtet
mich. Ich winke. Sie winkt zurück, reißt den Vorhang zur
Seite und rennt davon. Wahrscheinlich schlägt sie Alarm, dass
der berühmte Mason Shaw hier ist. Ich habe vor ein paar
Jahren angefangen, *Hot Finds* zu moderieren, als mein Onkel
Ty für ein neues Projekt in Community-Wellness-
Programmen ausgestiegen ist. Die Fans der Show sind meist
Typen, die mir die Hand schütteln wollen. Gestern habe ich
zum ersten Mal ein Autogramm für einen winzigen Fan
unterschrieben.

Die Tür öffnet sich, und Sophie tritt barfuß in einem lila
Kleid und grüner Cordhose auf die Veranda. „Komm rein!"

Ich gehe die Stufen hoch – es ist kalt, und Sophie hat
nichts an den Füßen.

May erscheint hinter ihr. „Sophie! Rein mit dir, hier

draußen ist es eisig! Und zieh Socken und Hausschuhe an, wie ich gesagt habe."

„Meine Füße sind nicht kalt", protestiert Sophie und macht einen kleinen Tanz, bei dem sie die Füße hinter sich wirft. „Siehst du?"

May spricht durch zusammengebissene Zähne. „Jetzt, bitte!"

„Aber Mason ist hier!"

„Ich hänge nur mit Leuten ab, die Socken und Hausschuhe anhaben." Sophie flitzt davon, als ich an May vorbeigehe. Mmm, sie duftet nach Vanille. „Hi!"

Sie schließt die Tür. „Hi! Danke, dass du gekommen bist."

Keine Strickjacke und kein bauchfreies Shirt heute. Sie trägt einen hellblauen, engen Pullover und Leggings. Immer noch sexy.

Sie deutet um sich. „Das ist es also."

Ich betrachte die glänzenden Hartholzböden im Eingang, die ins Wohnzimmer führen. Ein Kamin mit weißem, geschnitztem Sims und Ziegelumrandung sieht original aus. Die Möbel sind nicht so steif, wie ich sie mir in einem viktorianischen Haus vorgestellt hätte. Stattdessen gibt es zwei gemütliche dunkelgrüne Sofas und große rote Samtsessel. Kein Fernseher.

Sophie erscheint oben an der Treppe und streckt einen Fuß aus. „Siehst du? Ich trage Socken und Crocs. Mason, komm in mein Zimmer!"

Ich drehe mich zu May, unsicher, wie ich antworten soll. Sophie will mir wahrscheinlich ihre Spielsachen zeigen, aber ich bin wegen der Arbeit hier. Außerdem will May vielleicht nicht, dass ich allein mit ihrer Tochter bin. Wir haben uns ja gerade erst kennengelernt. Sie weiß nicht, dass ich vertrauenswürdig bin.

„Sie will dir ihre Stofftiersammlung zeigen", sagt May. „Das machen wir auf dem Weg zu den anderen Schlafzimmern. Wir wohnen im zweiten Stock, die Gäste im ersten, der Gemeinschaftsbereich ist im Erdgeschoss."

Ich folge ihr die Treppe hinauf. „Wie heißt dein Inn?"

„Serenity Inn."

„Interessant."

„Ich lasse ein Schild machen. Es soll mich daran erinnern, Gelassenheit im Chaos zu finden, und ich hoffe, es zieht Gäste an, die das auch suchen."

„Gibt's ein Spa? Das denke ich bei Gelassenheit."

„Hier oben!", ruft Sophie.

„Wir sollten uns zuerst ihre Kuscheltiere ansehen, sonst jagt sie dich. Kein Spa geplant, aber gute Idee. Vielleicht bieten wir später Massagen an. Das kommt auf meine lange Liste für das Inn."

Im zweiten Stock öffnet May eine Tür zu einer weiteren Treppe. Wir hören Sophie oben herumwuseln. Ich lasse May vorgehen, weil ich ein Gentleman bin.

Ich folge ihr und halte die Augen auf ihrem wohlgeformten Po. Nur ein Witz! Okay, ich hab einmal hingesehen. Höchstens dreimal.

Oben an der Treppe schreit Sophie: „Ta-da!" Ihre Kuscheltiere sind auf einem verblichenen roten Sofa aufgereiht. Sie schnappt sich ein Häschen vom Ende und erzählt mir viel mehr, als ich wissen muss – wie es seinen Namen bekam und was sie daran liebt. Sie stellt es zurück, nimmt einen gelben Bären, dann einen roten. Meine Augen werden glasig bei den Details zu mindestens dreißig Stofftieren. Ich habe keine Erfahrung mit kleinen Mädchen. Ich bin der Älteste von vier Jungs, und Mom ist nicht der mädchenhafte Typ. Ich habe Cousinen, aber als Kind hab ich sie ignoriert, um mit den Jungs zu spielen.

Ich schaue zu May, die heimlich aufräumt, Sophies Jacke weghängt und Taschentücher entsorgt.

„Du musst für mich nicht aufräumen", sage ich.

May lacht und hebt die Hände. „Erwischt!"

Sie stellt sich neben mich und schaut zu, wie Sophie stolz ihre Stofftierfamilie vorstellt. Meine Sinne sind hellwach, auf May eingestimmt. Der Drang, ihre weiche Wange zu berühren, lässt meine Finger zucken.

Nein. Kein Berühren. Außer sie macht den ersten Schritt.

May seufzt leise, bevor sie sagt: „Auszeit. Du kannst ihm ein andermal mehr Kuscheltiere zeigen. Mason ist ein sehr beschäftigter Mann. Er muss sich die Reparaturen ansehen."

Sophie schnappt sich ein Einhorn mit Regenbogenhorn. „Nur noch meinen Liebling – Hornbow. Er ist in Twinkle *Fairies*. Magst du die Serie?"

„Weiß nicht", sage ich. „Hab *Twinkle Fairies* nie gesehen."

May sagt streng: „Zeit, Mason die Reparaturen zu zeigen."

Sophie klemmt Hornbow unter den Arm und nimmt meine Hand. „Komm. Ich zeige dir die Delle, die ich aus Versehen in die Wand gemacht habe."

Ich folge ihr nach unten, May hinter uns. Sophie plappert eine Meile pro Minute über Hornbows Tag in der Schule, als alle Freunde mit ihm spielen wollten.

„Beliebtes Einhorn", sage ich und betrete den ersten Stock.

„Ich bin auch beliebt", sagt sie nüchtern.

Sophie hüpft voraus in ein Schlafzimmer und stößt die Tür auf. Ich trete mit May ein und inspiziere die Wand, wo der Türknauf offenbar dagegen geknallt ist. Ich sehe einen Türstopper in der Sockelleiste.

„Jemand hat die Tür aufgestoßen, bevor der Stopper da war?", frage ich.

May schaut Sophie vielsagend an, die protestiert: „Ich hab die Tür nicht aufgestoßen! Ich hab nur was schnell geschoben."

„Nächster Raum", sagt May.

Wir setzen die Tour fort. May erzählt von ihrer Vision für das Inn. Ihre Leidenschaft ist ansteckend – ihr ausdrucksstarkes Gesicht, ihre begeisterte Stimme. Sophie langweilt sich und geht nach unten, um im Wohnzimmer fernzusehen.

Nachdem ich die Innenreparaturen erfasst habe, führt May mich zu den hinteren Fenstern im Wohnzimmer. Sophie ist wie gebannt von ihrer Serie und bemerkt uns nicht. May zeigt auf den kaputten Wildzaun. Es ist ein zwei Meter hoher Maschendrahtzaun. Ein Pfosten steht schief, der Zaun ist flachgedrückt, sodass Tiere eindringen können. Anscheinend hat ein Hirsch versucht, drüber zu springen, ist draufgefallen und über den eingeknickten Zaun gekrabbelt. Kein Ding.

„Oh, und die Leuchten sind hier drüben", sagt May.

Ich folge ihr in eine Ecke mit Kartons für Wandlampen, ein paar Hängelampen und einem Kronleuchter für den Speisesaal. Nachdem sie mir gezeigt hat, wo alles hin soll, weiß ich, was ich am Neujahrstag mitbringen muss.

Sie begleitet mich zur Tür. „Danke nochmal, Mason. Es wird eine Riesenerleichterung, wenn das endlich fertig ist. Ich hoffe, ich kann es publik machen und am Valentinstag-Wochenende mit einem Knall eröffnen."

„Valentinstag und Knall passen perfekt", scherze ich. Unpassend. Bleib anständig.

Sie legt eine Hand übers Gesicht, Rosa färbt ihre Wangen. „So meinte ich das nicht."

Sophie taucht neben mir auf. „Gehst du schon?"

„Ja. Aber ich bin am Neujahrstag wieder da, um mit den Reparaturen zu starten."

„Du kannst ruhig später anfangen, wenn du Silvesterpläne hast", sagt May.

Sophie ist ganz aufgeregt. „Komm doch Silvester her! Mommy und ich schauen *Surprise Princess* Teil eins, zwei und drei, trinken Sprudelwasser und essen Chips!"

Ich lächle. „Klingt nach einem tollen Abend!"

„Ich bin mir sicher, Mason hat andere Pläne", sagt May.

Sophie starrt mich mit großen Hundeaugen an. „Hast du?"

Ich räuspere mich. „Ja, eigentlich. Ich gehe zur Hochzeit meines Cousins Owen."

Sophie greift die Enden ihres Kleids. „Ooh, ich würde gern zu einer Hochzeit gehen und tanzen!" Sie dreht sich mehrmals und hält abrupt inne. „Ich war noch nie bei einer Hochzeit, aber Olivia H. sagt, da gibt's Kuchen und Tanzen wie verrückt."

May legt eine Hand auf Sophies Schulter. „Hochzeiten werden lange geplant. Mason kann nicht kurzfristig jemanden einladen. Außerdem wollen wir unseren Surprise *Princess*-Marathon nicht verpassen."

Sophie lässt die Schultern hängen, ihr Gesicht verdüstert sich. Im Nu von froh zu am Boden zerstört.

„Ihr könnt beide als meine Begleitung mitkommen", sage ich spontan.

Sophies Miene hellt sich auf, ein breites Lächeln im Gesicht. „Echt?"

„Du hast kein Date?", fragt May.

Ich zucke die Schultern. „Manche Frauen kriegen falsche Vorstellungen, wenn man sie zu einer Hochzeit einlädt. Du datest nicht, also ist es okay. Sophie ist so begeistert. Was meinst du?" Ich spanne mich an, will plötzlich wirklich, dass May mitkommt. Und Sophie. Ich mache sie gern glücklich.

Mays Brauen ziehen sich zusammen, während sie nachdenkt.

„Bitte!", fängt Sophie an. Ich hebe die Hand und schüttle den Kopf. Sie verstummt sofort.

„Owen stört's nicht", versichere ich May. „Es ist eine schicke Sache, und glaub mir, sie können es sich leisten. Sie findet hier in der Stadt im Ludbury House statt."

May schaut Sophie an, die die Hände in bester Bettelpose faltet.

Ich fahre fort: „Owen heiratet Shayla Adler. Hast du sie schon mal gesehen? Filme, Fernsehen. Das bekannteste ist wohl –"

„*Breakdown*", beendet May mit großen Augen. „Dein Cousin heiratet Shayla Adler?"

„Ja."

May nickt einmal. „Ich denke darüber nach."

Sophie springt in die Luft, die Arme zu einem V für Victory. „Juhu! Nachdenken heißt Ja."

„Nachdenken heißt nachdenken." May dreht sich zu mir. „Kann ich dir später Bescheid geben?"

Meine Mundwinkel heben sich. „Klar! Ich gebe dir meine Nummer."

Sie holt ihr Handy raus, gibt den Code ein und reicht es mir. Ich grinse bei der pinken Hülle. „Hello-Kitty-Fan?"

„Meine Urgroßmutter war einer, und sie hat mich als Kind da reingezogen. Jetzt mag ich wohl die Erinnerung an sie."

Ich gebe ihr das Handy zurück. Ihr Blick ist etwas traurig.

„Grandma Maggie war cool!", ruft Sophie.

„Ich habe dir gesagt, wir sagen das C-Wort nicht", erinnert May. „Das ist nicht höflich."

„Tante Alice sagt es", kontert Sophie. „Ist Tante Alice unhöflich?"

„Das ist ein Erwachsenenwort", sagt May bestimmt. Sie schaut mich entschuldigend an.

„Toll, das Haus gesehen zu haben", sage ich. „Bis bald!"

Ich finde selbst hinaus und bin halb den Weg hinunter, als mein Handy eine Nachricht von May zeigt: *Danke fürs Vorbeikommen! Sorry, wenn Sophie dir zu sehr* auf die Nerven ging. *Ich* halte *sie* beschäftigt, *wenn du die* Sachen *reparierst.*

Kein Problem. Auf die Nerven *beschreibt meine ganze Familie. Ha!*

Ich steige in meinen Truck, starte ihn und schalte die Heizung ein. Es ist eiskalt hier drin. Ich war länger bei May, als ich dachte. Ich sende eine kurze Nachricht, während der Truck warm wird. *Ich hoffe, Sophie kann auf der Hochzeit Kuchen essen und tanzen.*

Drei Punkte erscheinen und verschwinden.

Na ja, es war Sophies Idee. Ich habe sie beide nur spontan gefragt. Ich atme scharf aus, fahre aus der Einfahrt und nach Hause. Keine große Sache. Ich gehe allein zur Hochzeit, wie geplant, und tanze mit jemandem, der hübsch und nicht mit mir verwandt ist. Eine von Shaylas Freundinnen sollte Spaß machen.

Ich hätte May sowieso nicht fragen sollen.

3

———

„Er wollte sowieso nicht mit mir gehen!", flüstere ich Alice zu. Wir sind in ihrer Küche. Sophie arbeitet im Wohnzimmer an einem Tigerpuzzle, das Alice für sie aufbewahrt.

Alice fixiert mich mit einem entschlossenen Blick und hebt einen Finger. „Erstens macht er kostenlose Reparaturen für dich in seiner Freizeit!" Ein zweiter Finger. „Zweitens laden Männer niemanden zu einer Hochzeit ein, wenn sie es nicht ernst meinen."

„Das hat er nur gesagt, weil Sophie so begeistert von der Idee einer Hochzeit war."

Sie hebt einen dritten Finger. „Drittens: Er ist heiß."

Ich stöhne. „Alice!"

„Das ist ein Fakt. Warum, glaubst du, hat seine Show so gute Bewertungen? Er ist umwerfend. Das ist doch der wahre Grund, warum du sie schaust, oder?"

Ich nehme einen Schluck Tee. „Ich lerne gern was über Autos."

„Blödsinn!"

„Schh! Sophie ist gleich hier drüben. Hab ich dir erzählt, dass sie das Wort cool bei ihm benutzt hat?"

Alice kichert. „Hoppla! Das hat sie von mir."

„Ach was."

„Hat sie ihn cool genannt?"

„Sie hat von Grandma Maggie gesprochen."

Alice wird ernst. „Da hast du deine Antwort. WWMT? Damit meint sie: Was würde Maggie tun?" Wir denken oft an sie, wenn wir Mut für etwas brauchen. Sie hat immer Grenzen überschritten. Die Frau trug mit neunzig einen Leopardenbody mit Tutu. Sie hat ihren jüngeren Tangolehrer verführt. Sie sagte, was sie dachte, und tat, was sie wollte – ob das Snickers zum Frühstück, das Stehlen von Dads Harley oder Ziplining war. Das alles in ihren Siebzigern! Gott, ich vermisse sie.

Ich schaue zur Decke. „WWMT gilt hier nicht."

„Klar doch."

„Grandma war nie alleinerziehende Mutter."

„Aber du und Sophie könnt beide gehen. Komm schon, das wird Spaß machen! Du kannst tanzen, dich unter Filmstars mischen und mir jedes Detail erzählen. Ich würde sofort hingehen."

Ich lächle. „Du kannst für mich gehen und Sophie mitnehmen. Perfekt!"

„Ich hab seit der Highschool nicht mehr so getan, als wäre ich du. Wir sind erwachsen. Außerdem würde Sophie es verraten."

Ich runzle die Stirn. Sie hat recht. Ich weiß nicht, warum ich so nervös bin, zu einer Hochzeit zu gehen. Das ist kein Date. Außer Mason sind noch viele andere da. Ich werde wahrscheinlich die meiste Zeit damit beschäftigt sein, Sophie aus Schwierigkeiten zu halten.

Ich bleiben hart. „Ich bin noch nicht bereit für ein Date. Ich warte, bis Sophie auf dem College ist."

Alice grinst verschmitzt. „Du hast gesagt, es ist kein Date. Nur Freunde."

„Stimmt."

„Also sollte es kein Problem sein."

Ich schaue zu Sophie. Sie hat das Puzzle fertig und ist auf dem Sofa zusammengerollt, liest ein Kinderbuch unter einer

Decke, die Grandma Maggie gehäkelt hat. WWMT? Etwas Verrücktes.

Alice nimmt meine Hand. „Komm, gönn dir doch mal ein bisschen Spaß. Du hast es wirklich verdient."

Plötzlich weiß ich, wie man Grenzen überschreitet. Ich beuge mich über den Tisch. „Wir machen Folgendes."

Alice stöhnt. „Da sollte *kein* Wir drin sein."

Ich grinse. „Komm schon, das wird lustig! Du hast selbst gesagt, du langweilst dich, weil Charlie über Silvester weg ist." Alices Mann Charlie ist mit alten Highschool-Freunden zum Skifahren. Alice hat ihm ihren Segen gegeben – sie mag Skifahren nicht. Sie sind glücklich verheiratet, bewusst kinderlos, reisen viel und genießen ihre Freiheit. Und natürlich bekommen sie mit Sophie eine Portion Kind, wann immer sie wollen.

„*So* gelangweilt bin ich auch nicht", sagt Alice.

Ich wärme mich für meine Idee. „Hör zu. Wir ziehen uns beide so an, als gingen wir zur Hochzeit. Wenn er an der Tür den richtigen Zwilling auswählt, gehe ich mit."

„Und wenn er mich auswählt?"

„Dann amüsierst du dich beim Tanzen und Mischst dich unter Filmstars. Perfekt!"

Alice seufzt. „Ich weiß, du hast Angst –"

„Ich hab vor nichts Angst. Das wird *wild*. Grandma fand es immer zum Schreien, wenn wir die Rollen getauscht haben."

„Nur weil sie immer wusste, wer wer war."

Ich sehe sie so flehend an, wie ich kann.

„Na gut. Aber ich finde immer noch –"

Ich springe auf und umarme sie. „Danke!"

Sie löst sich. „Du schuldest mir was."

„Alles."

„Ich nehm dich beim Wort."

Mein Herz schlägt schneller bei der Vorstellung, dass Mason mich auswählt. Ich könnte mit einem absoluten Frauenschwarm zu einer Hochzeit gehen! Und wenn nicht, weiß ich, dass er nicht so auf mich steht, und beweise, dass Alice unrecht hat.

Mason

Ich winke Sophie zu, die mich durchs Fenster anstarrt, als ich mich an Silvester ihrem Haus nähere. Sie kichert, winkt zurück und verschwindet. Ich war überrascht, als May schrieb, dass sie zur Hochzeit mitkommen. Auf gute Weise. Ich bin mir nicht sicher, wie ich mit einem kleinen Mädchen umgehe, aber ich schau's mir bei May ab. Sie ist die Mom, und es ist ja nicht so, als wäre ich bereit, ein Dad zu sein. Das ist was für den zukünftigen Mason. Weit, weit in der Zukunft.

Ich stoße die Luft aus, plötzlich nervös. Wie ein Teenager vor seinem ersten Date. Lächerlich! Ich hatte viele Dates, viele Beziehungen, die nirgendwohin führten. Egal. Das hier ist rein freundschaftlich.

Ich klingele, und die Tür öffnet sich kurz darauf.

Sophie steht da in einem roten Samtkleid, weißen Strumpfhosen und glänzenden schwarzen Schuhen. „Das ist mein Weihnachtskleid."

„Cool!"

Ich gehe rein und schließe die Tür. „Kannst du deine Mom holen?"

„Mommy!", brüllt sie aus voller Kehle.

„Das hätte ich auch gekonnt."

Sie rümpft die Nase. „Sie ist nicht deine Mommy."

„Ich weiß. Ich ..." Ich breche ab, als zwei wunderschöne Frauen erscheinen, in identischen schwarzen Kleidern, die Haare hochgesteckt, silberne Ohrringe baumeln an ihren Ohren.

Das ist ein Test. Das Eineiige-Zwillinge-Ding. May will wissen, ob ich sie als sie sehe. Ehrlich gesagt, so gleich gekleidet, die Haare gleich, sind sie wirklich identisch.

Ich wende mich der Frau links zu und mustere sie. „Du siehst toll aus."

„Danke!"

Dann drehe ich mich zur Frau rechts. „Genau wie meine Begleitung."

May öffnet überrascht den Mund. Sie blinzelt ein paarmal. Ha! Ich hab bestanden.

Sophie kichert wie verrückt und klatscht. „Er hat dich ausgesucht, Mommy! Jetzt kannst du zur Hochzeit!"

Alice sieht mich entschuldigend an. „Sorry, nur ein kleiner Scherz. War nicht meine Idee."

„May hätte wissen sollen, dass ihr mich nicht täuscht." Ich schüttele gespielt den Kopf. „Ich hab dir gesagt, ich hab eineiige Zwillingsbrüder und -onkel, die das Rollen-Tauschen lieben."

Sie nickt, wird rot und holt ihren und Sophies Mantel aus dem Schrank. Alice hilft Sophie mit ihrem Mantel, ich helfe May in ihren.

Sie dreht sich zu mir. „Woher wusstest du es?"

„Der Funke in deinen Augen. Und Alice hat eine kleine Narbe am Kinn."

Sie starrt mich an, immer noch überrascht. Hoffte sie, ich wähle Alice?

Ich mustere ihren Ausdruck. „Und ich hab gemerkt, dass deine Haut makellos ist."

Sie hält die Luft an.

„Nett", sagt Alice mit breitem Lächeln.

Ich biete May meinen Arm, und sie hakt sich ein. Sobald ich die Tür öffne, stürzt Sophie hinaus.

„Langsam!", ruft May. „Da ist noch Eis!"

Sophie geht in einem Tempo, das fast Rennen ist. Sie ist aufgeregt.

Minuten später öffne ich die hintere Tür meines frisch gewaschenen Trucks und helfe Sophie rein.

Sie schnallt sich selbst an. Als sie das Hochzeitsgeschenk auf dem Sitz sieht, schnappt sie es sich. „Ist das für mich?"

„Nein, das ist ein Hochzeitsgeschenk."

Ihr Gesicht verdüstert sich. „Oh." Sie legt es zurück. Jetzt wünschte ich, ich hätte ihr was Kleines mitgebracht, vielleicht

eine Ansteckblume. Verdammt, ich hätte beiden Ansteck-
blumen kaufen sollen. Ich schließe ihre Tür.

May hat die Beifahrertür schon geöffnet. Ich drehe mich,
um sie hinter ihr zu schließen.

Sie will einsteigen, hält inne, dreht sich um, und wir
stehen Auge in Auge. Sie ist so nah, dass ich die Goldflecken
in ihren haselnussbraunen Augen sehe. „Ich kann immer
noch nicht glauben, dass du mich und Alice so leicht auseinanderhalten konntest."

„Die Chemie stimmt nur bei einer von euch."

Ihre Wangen röten sich, und sie steigt ein. Mist! Ich hätte
diese peinliche Wahrheit wohl nicht laut sagen sollen.

Ich schließe die Tür und gehe zur Fahrerseite. Vielleicht
hoffte sie nicht, dass ich Alice wähle. Vielleicht hat sie mich
getestet, weil sie auf mich steht. Sonst wäre es ihr egal, ob ich
sie erkenne. Sie will in meinen Augen besonders sein.

~

May

Ich mustere Masons Profil, während er fährt. Markantes
Kinn, diese dichten Wimpern, seine sinnlichen Lippen.
Normalerweise fallen mir keine Details an Männern auf. Ich
treffe auch nicht viele Männer, außer Handwerkern. Na ja, da
war letztes Jahr mein Ex von der Arbeit. Schätze, es ist eine
Weile her, seit ich mit einem Mann als Freund zusammen
war.

Ich kann nicht glauben, dass Mason den Zwillingstest
bestanden hat. Niemand besteht ihn so früh, nicht mal die
Familie. Nur meine Eltern und Urgroßmutter Maggie
wussten immer, wer wer war. Mom sagt, als Babys haben
sie mich in Rosa und Alice in Lila gekleidet, damit sie uns
nicht verwechseln. Sobald unsere Persönlichkeiten klar
wurden, brauchten sie kein Farbschema mehr. Alice ist
abenteuerlustig, ich vorsichtig. Aber was hat mir das
gebracht? Ich hatte einen Plan – College, Ehe, Baby – und
der Plan ist mir um die Ohren geflogen. Rick ist gestorben.

Arbeiten und Sophie allein großziehen ist millionenmal schwerer, als damals, als Rick mitgeholfen hat. Er war ein Dad, der angepackt hat.

„Also, ich gebe dir einen kurzen Überblick über die Familie", sagt Mason. „Ich fange mit meinem Onkel Jake an, da er am engsten mit dem Brautpaar verbunden ist. Er ist Owens Dad. Die Braut Shayla steht Onkel Jakes Frau Claire nahe. Sie hat Shayla aufgenommen, als sie noch Teenie-Schauspielerin war. So haben sich Owen und Shayla kennengelernt."

„Ist deine Tante Claire auch Schauspielerin?", frage ich. „Kennt sie Shayla daher?"

„Ja. Claire Jordan."

Mir klappt die Kinnlade runter. Jeder kennt Claire Jordan. Sie ist ein *riesiger* Filmstar.

„Sie ist jetzt mehr hinter den Kulissen als Regisseurin und Produzentin, aber man sieht sie noch in ein paar Projekten."

Doppelte Star-Power auf dieser Hochzeit. Jetzt frage ich mich, ob wir in diese Gesellschaft passen. Ich schaue zu Sophie, die still zuhört und alles aufsaugt.

Mason fährt fort: „Onkel Jake hat einen eineiigen Zwilling, Onkel Josh. Josh gehört die Happy Endings Bar."

Mein Gehirn macht Verknüpfungen. Ich kenne Josh und seine Familie. Wenn er einen Zwilling hat, stehen sie sich wahrscheinlich nahe, also hätte ich Masons Familie jederzeit treffen können. Mason zu treffen war unvermeidlich. Wie Schicksal. Oder einfach das Kleine-Welt-Phänomen.

„Gehe ich zu schnell?", fragt Mason und sieht mich an.

„Ich kann nicht glauben, dass wir uns nicht früher begegnet sind. Ich kenne schon einige aus deiner Familie."

„Ja, wir hängen oft im Happy Endings ab und feiern Familienfeste."

„Ich war lange nicht da, weil ich so viel mit dem Haus und dem Leben zu tun hatte."

„Du bist praktisch schon eine von uns. Warte, bis Josh von eurem Zwillingstest hört. Das wird ihm gefallen."

„Ich muss unbedingt seine Geschichte hören."

„Ich lasse Josh erzählen."

„Ich will auch eine Zwillingsschwester!", zwitschert Sophie.

„Zu spät. Man muss mit einer geboren werden", sagt Mason. „Weißt du was? Es ist cool, einfach nur du zu sein."

„Dann will ich eine kleine Schwester", sagt Sophie. „Ich kann sie anziehen und im Kinderwagen schieben."

Ich schließe die Augen. Erst will sie einen Daddy, jetzt eine Schwester!

Ich drehe mich zu ihr. „Du kannst das Gleiche mit Sissy machen." Das ist ihre Babypuppe.

„Sissy ist nicht wie ein echtes Mädchen", sagt Sophie.

„Wir sind da", sagt Mason und parkt hinter dem Ludbury House.

Gott sei Dank! Ich bin nicht bereit, mit Sophie zu diskutieren, warum unsere Familie komplett ist. Sie glaubt mir nicht, jetzt, da sie weiß, dass ihre Freunde Dads und Geschwister haben. Ich muss wohl eine überzeugendere Rede über Familien gibt's in allen Formen halten.

Sobald Mason den Truck abstellt, klettert Sophie raus. Ich steige hastig aus. „Stehenbleiben!"

Sophie bleibt stehen.

„Komm zu mir zurück."

Ich lege eine Hand auf ihre Schulter. „Bleib bei uns."

„Hey, Sophie", sagt Mason und öffnet die hintere Tür. „Willst du das Hochzeitsgeschenk reintragen?"

Ihre Augen weiten sich, sie rennt zu ihm und streckt die Hände aus. Er gibt ihr eine kleine rechteckige Schachtel mit einer Karte.

Sie schüttelt sie.

Er hält sie fest. „Vorsicht! Das geht leicht kaputt."

„Was ist es?", fragt sie.

„Ein gerahmtes Bild von Shayla und Owen mit ein paar Cousins, als wir Teenager waren."

„Du warst mal Teenager?", fragt Sophie.

„Ich war sogar mal ein Baby", sagt er.

Sophie lacht schallend. Sie kann sich wohl nicht vorstellen, dass der Mann je ein Baby war.

Mason bietet mir seinen Arm, ich hake mich ein. Hitze durchströmt mich. Ich zwinge mich, zum Ludbury House zu schauen, nicht zu ihm, während wir darauf zugehen. Ich bin oft an dem Gebäude vorbeigekommen, hatte aber nie eine Einladung zu einer privaten Veranstaltung. Es ist ein weitläufiges zweieinhalbstöckiges weißes Schindelhaus mit weißen Säulen und einer umlaufenden Veranda. Ich fange an, mich wie eine Märchenprinzessin zu fühlen, wenn auch nur für einen Abend.

Mason

Das Ludbury House ist im winterweißen Stil dekoriert, mit silbernen und weißen Seidengirlanden und vielen weißen Blumen. Meine Tante Hailey kommt auf uns zu. Sie trägt ein Headset über ihrem langen, rotblonden Haar, ein blaues Kleid und hohe Schuhe. Sie arbeitet. Mir fällt zu spät ein, dass ich Hailey, der Hochzeitsplanerin, hätte sagen sollen, dass ich zwei Gäste mitbringe. Ich habe es mit Shayla und Owen geklärt, bin mir aber nicht sicher, ob sie das weitergegeben haben.

„Hi, Mason." Sie küsst meine Wange. „Wie ich sehe, hast du zwei Begleitungen dabei." Sie lächelt sie an. „Hi, May, hi, Sophie." Sie sieht mich an. „Wir haben uns im Happy Endings getroffen."

„Hallo", sagt May.

„Hi!", sagt Sophie. „Ich hab ein Geschenk mitgebracht." Sie reicht es Hailey.

„Danke! Das stelle ich auf den Geschenketisch. Ich besorge nur schnell ein paar Stühle, dann heißen wir euch im Salon willkommen."

Sie eilt davon, ihre Absätze klackern auf dem Hartholzboden.

May packt meinen Arm, und die Berührung wärmt mich. „Sie erwarten uns nicht?"

„Ich hab's mit Braut und Bräutigam geklärt, aber sie

haben wohl vergessen, es Hailey zu sagen. Das ist kein Problem. Sie organisiert Hochzeiten im Ludbury House wie ein Schweizer Uhrwerk."

May legt eine Hand ans Gesicht, peinlich berührt. Sophie nutzt den Moment, um in den Salon zu rennen. May lässt die Hand sinken, merkt, dass Sophie weg ist, und sieht panisch aus.

„Sie ist in den Salon gelaufen." Ich deute nach rechts.

Als wir reinkommen, finden wir Sophie vor dem Kamin. Sie berührt jede weiße Blume auf dem Sims und schnuppert daran. Reihen von Klappstühlen mit weißen Hussen füllen den Raum. Vielleicht fünfzig Gäste. Sophie scheint das einzige Kind zu sein. Ich hoffe, sie benimmt sich. An Blumen schnuppern wirkt okay.

May eilt zu Sophie, nimmt ihre Hand und führt sie nach hinten.

„Setzen wir uns", sagt Sophie. „Hier gibt's viele freie Stühle."

„Die Stühle sind vergeben", sagt May. Sie dreht sich zu mir. „Ich fühle mich schlecht, dass Hailey jetzt in letzter Minute Arbeit hat, um uns unterzubringen."

„Ich helfe ihr. Die Stühle sind im Keller." Ich habe hier manchmal mit meinen Cousins gespielt.

Ich gehe in den Keller. Haileys Stimme dringt herauf, sie bestätigt, dass die Braut in der Hochzeitssuite alles hat. Näherkommend sehe ich, dass sie mit Rowan redet, der Verlobten meines Cousins Cooper. Rowan wirkt immer ernst, außer bei Cooper. Sie arbeitet mit Hailey bei Love Junkies, ihrem Hochzeitsplanungsgeschäft.

„Hey, ich hole ein paar Stühle", sage ich.

„Super!" Hailey zeigt auf sie. „Rowan, kannst du weiße Stuhlhussen aus meinem Büro holen, damit sie passen?"

„Bin dran." Rowan eilt nach oben.

Ich nehme die Stühle. „Sorry wegen der unerwarteten Gäste. Shayla und Owen haben's abgesegnet."

Hailey tritt näher. „Ich wusste nicht, dass du eine alleinerziehende Mom datest."

„Nur freundschaftlich. Ich mache Reparaturen an ihrem Haus auf der Catoonah. Wird bald ein Inn."

„Oh, ich kenne das Haus. Liegt gegenüber von Mackenzie und Harper. May ist nett."

„Ja, ist sie." Meine Stimme klingt rau. „Bis später."

Ich gehe nach oben.

„Ihr seht gut zusammen aus!", ruft Hailey. „Manchmal trifft man jemanden, bei dem man sich wohlfühlt, und es passt perfekt."

„Kein Verkuppeln!", rufe ich über die Schulter. Tante Hailey ist berüchtigt als Kupplerin. Sie sagt, sie hat all ihren Freunden geholfen, die Liebe zu finden. Jetzt arbeitet sie an der zweiten Generation, den Kindern ihrer Freunde. Meine Cousins und ich suchen uns unsere Dates selbst. Danke schön.

Ich stelle die Stühle an beide Enden der hinteren Reihe. Man kann noch vorbeigehen. Rowan zieht die Hussen drüber und geht.

Sophie sitzt glücklich am Rand. „Mason, setz dich neben mich!"

May versteift sich. Ich deute ihr, in die Reihe zu gehen.

Sie setzt sich neben Sophie, die sagt: „Lass einen Platz in der Mitte für Mason frei."

May seufzt und rutscht einen Stuhl weiter.

„Du bist sehr beliebt", sagt sie, als ich mich setze.

„Ich weiß."

„Wo ist der Kuchen?", fragt Sophie.

„Im Ballsaal. Wir essen Kuchen beim Empfang."

„Was ist ein Empfang?"

„Die Feier danach."

„Oh." Sie kichert und strampelt mit den Beinen. „Super!"

Meine Eltern kommen rein und starren, weil ich neben zwei Fremden sitze. Mom erholt sich zuerst. „Mason, hast du Gäste mitgebracht?" Ihr kurzer brauner Bob betont ihre scharfen Züge, besonders die allwissenden Augen.

„Ja, das sind May und ihre Tochter Sophie. Meine Begleitung."

„Hi", sagt Mom, blickt von mir zu Sophie und zurück zu May.

„Schön, Sie kennenzulernen", sagt Dad, immer entspannt.

Sophie starrt Dad mit großen Augen an. „Parker! Kann ich Ihr Autogramm haben?"

Dad schmunzelt. „Du magst *Hot Finds*?"

„Wir schauen jede Woche", sagt May.

Sophie nickt eifrig.

Dad zeigt auf sie. „Ich gebe dir das Autogramm beim Empfang."

Meine Eltern setzen sich weiter vorn neben Onkel Josh und einen leeren Stuhl für Hailey. Mom flüstert Josh eifrig zu, der einen Blick zurückwirft.

Ich hebe grüßend die Hand.

Er nickt und dreht sich um.

May beugt sich vor und flüstert: „Mason, du hast nicht gesagt, dass es eine kleine Hochzeit ist. Ist hier jeder aus der Familie?"

„Auch ein paar Freunde."

„Sophie und ich stechen raus wie ein wunder Daumen."

„Du musst doch einige kennen. Es sind definitiv Leute aus Clover Park hier."

Sie schaut sich um. „Ich kenne Josh, Hailey und ihre Kinder."

„Siehst du?"

Wir warten, während mehr Gäste kommen. Ein leises Tuscheln zieht durch den Raum, einige Verwandte drehen sich zu uns um. Nur weil ich noch nie eine Frau und ihre Tochter zu einer Hochzeit mitgebracht habe, ist das kein Grund zu tratschen!

Ich funkele sie an. May fühlt sich schon unwohl bei einer kleinen Familienhochzeit. Ich will es nicht schlimmer machen. Ich will, dass sie Spaß hat.

„Tanzt du mit mir?", fragt Sophie.

Wie kann ich da Nein sagen? „Klar, und auch mit deiner Mom."

„Alle tanzen zusammen", sagt May bestimmt.

Hailey nimmt ihren Platz ein, spricht mit Josh und winkt uns zu.

Ich winke kurz zurück. May wirkt angespannt.

„Alles okay?", flüstere ich.

„Alles gut."

„Wirklich?"

„Na ja, abgesehen davon, dass sich deine ganze Familie ständig umdreht und mich anstarrt, und ich die kleine Hochzeit einer berühmten Schauspielerin crashe, ist alles super." Sie erwischt meine Brüder, die sie ansehen. „Warum glotzen alle?"

„Wahrscheinlich, weil ich nie Frauen zu Hochzeiten mitbringe. Ich hab eine Ausnahme gemacht, weil ich wollte, dass ihr beide Kuchen und Tanz bekommt. Stimmt's, Sophie?"

„Stimmt!"

Ich drücke Mays Hand, um sie zu beruhigen. Sie starrt auf meine Hand, zieht ihre weg und rutscht auf ihrem Sitz herum. *Autsch!*

Offenbar mag sie meine Berührung nicht. Nicht mal eine freundschaftliche Geste. Ich halte Abstand. Nach heute sehe ich sie nur noch bei ihr zu Hause, wo ich mit Reparaturen beschäftigt bin.

Kein Problem.

Sie schenkt mir ein verkrampftes Lächeln und schaut nach vorn. Eine Spannung knistert zwischen uns, nicht die sexy Sorte.

Die Marschmusik beginnt, die Braut und ihre Begleiterinnen kommen den kurzen Gang entlang. Beim Empfang wird es besser. Oder?

4

———

Die Zeremonie war wunderschön. Shayla und Owen haben ihre Gelübde mit erstickter Stimme gesprochen. Sie haben sich mit sechzehn verliebt, genau wie Rick und ich. Bei unserer Hochzeit gab es keine Tränen oder belegte Stimmen, nur strahlendes Lächeln. Wir waren beide überzeugt, dass es Schicksal war, nach unserer Highschool-Liebe und so vielen gemeinsamen Jahren. Kein Wunder, dass ich Angst habe, mich wieder zu verlieben. Liebe in so jungem Alter ist etwas Kostbares. Es fühlt sich falsch an, mir ein Leben mit jemand anderem auch nur vorzustellen.

Jetzt sind wir im Ballsaal beim Hochzeitsempfang. Sobald die Musik losgeht, stürmt Sophie auf die Tanzfläche. Es ist mir halb peinlich, halb bin ich stolz, wie sie tanzt, als würde niemand zusehen, während *alle* es tun. Sie ist die Einzige da draußen.

Mason spricht an der Bar mit einem seiner Cousins. Soll ich mich zu ihr gesellen? Ich habe keine Lust, im Mittelpunkt zu stehen, aber sie ist meine Tochter. Sophie zwingt mich oft aus meiner Komfortzone. Letztes Jahr wurde ich ständig zu „Gesprächen" mit ihrer Vorschullehrerin gebeten. Sophie hat ihre eigene Agenda und kein Problem damit, sie durchzuziehen. Eines Tages wird ihr das im Leben helfen.

Eine brünette Frau in meinem Alter, in einem roten Kleid, hebt die Arme und ruft Sophie zu: „Mädchen, shake it!" Sie gesellt sich zu Sophie auf die Tanzfläche, und sie tanzen zusammen. Die Frau nimmt Sophies Hand und wirbelt sie herum. Sophie ist begeistert.

Mason kommt zu mir. „Das ist meine Cousine Viv bei Sophie. Sie liebt Kinder. Sie unterrichtet an einer Montessori-Schule."

Ich entspanne mich. Scheint eine gute Person für Sophie zu sein. „Sophie hat einen Riesenspaß."

„Willst du zu ihnen?"

„Oh nein, ich warte, bis mehr Leute tanzen. Tanz und Kuchen waren Sophies Priorität."

Er schenkt mir ein sexy halbes Lächeln, das mein Herz schneller schlagen lässt. „Und deine?"

Ich schaue zu Sophie. „Na ja, Spaß haben und mehr Einheimische kennenlernen, jetzt, wo wir hier leben. Viele, die ich als Kind kannte, sind weggezogen."

„Klar. Netzwerken für das Inn."

„So meinte ich das nicht. Einfach, du weißt schon, meinen Freundeskreis erweitern. Meine Familie ist hier, also bin ich nicht einsam oder so." *Außer in den langen Nächten allein mit meinen Sorgen um Sophie, die Zukunft und meine Karriere.*

Er neigt den Kopf und mustert mich.

„Genug von mir." Ich blicke zur Tanzfläche. Braut und Bräutigam, Shayla und Owen, haben sich Sophie und Viv angeschlossen. „Shayla ist eine strahlende Braut, oder?"

„Ja. Sie sind glücklich. Sie haben sich als Teenager verliebt, waren total vernarrt und haben sich dann getrennt. Sie mussten erst erwachsen werden. Als Shayla für einen Auftritt zurückkam, sind sie wieder zusammengekommen."

„Klingt wie ein Märchen."

Er lacht. „Nicht ganz so einfach. Sie hatten Höhen und Tiefen, bevor sie dem Unvermeidlichen nachgegeben haben. Ich wusste immer, dass Owen noch an ihr hing, weil er nie über sie sprach oder ihre Filme und Serien ansah."

„Sie ist wirklich schön, und sie wirkte nett, als du uns

vorgestellt hast."

„Ihr Inneres passt zum Äußeren." Er nickt in eine Richtung. „Komm, ich stelle dich allen vor."

„Okay, aber erwähne das Serenity Inn nicht. Ich will nicht, dass es aussieht, als würde ich nach Geschäftsmöglichkeiten fischen."

„Es könnte aber zur Sprache kommen. Sie wollen wissen, woher wir uns kennen."

„Sag einfach, wir haben uns im Happy Endings getroffen."

Er schweigt kurz. „In Ordnung. Wie du willst."

„Warum hast du gezögert?"

„Wenn ich sage, wir haben uns in einer Bar getroffen, klingt das anders, als dass ich Reparaturen in deinem Inn mache."

Er hat recht. Es klingt, als hätte er mich in einer Bar aufgerissen oder umgekehrt. Nicht so sehr nach Freundschaft.

Er beugt sich vor. „Los geht's. Keine Sorge."

Die Eltern des Bräutigams kommen auf uns zu. O mein Gott, ich kann nicht glauben, dass ich Claire Jordan kennenlerne! Sie wirkt mühelos glamourös mit ihrem leicht gewellten blonden Haar und dem schimmernden lavendelvioletten. Ihr Mann, Jake Campbell, sieht wie eine elegantere Version seines Zwillings Josh aus. Sein dunkelbraunes Haar ist kurz geschnitten, sein marineblauer Anzug maßgeschneidert.

Mason umarmt seinen Onkel kumpelhaft und küsst seine Tante auf die Wange. „Onkel Jake, Tante Claire, das ist May."

Jake reicht mir die Hand. „Freut mich, dich kennenzulernen, May."

Ich schüttle sie. „Mich auch."

Claire lächelt. „Schön, dich kennenzulernen. Ihr zwei seht süß zusammen aus."

Ich deute zwischen mir und Mason hin und her. „Oh, wir sind kein Paar. Wir haben uns gerade erst kennengelernt. Er repariert Sachen in meinem Haus."

„Wir sind Freunde", sagt Mason bestimmt.

Claire hebt skeptisch eine Braue.

Ich halte den Mund, um die Freundschaft nicht zu übererklären. Ich will irgendwie ihr Autogramm. Sie ist älter, vielleicht Ende vierzig oder fünfzig, aber ich sehe sie in ihren berühmten Filmen vor mir, als sie in meinem Alter war. So wird sie mir immer im Kopf bleiben.

Ich merke, dass ich in Gedanken versunken Claire anstarre, als kleine Hände mein Bein umklammern. Ich atme aus und streiche Sophie das Haar aus dem geröteten Gesicht. „Spaß auf der Tanzfläche?"

„Ja. Wann gibt's Kuchen?"

„Sie sagen Bescheid, wenn es so weit ist. Sophie, das sind Masons Onkel Jake und Tante Claire."

„Hi", sagt sie, ohne sie anzusehen. Sie erkennt Claire Jordan nicht, aber Mason hat sie sofort erkannt? Kinder!

Ein langsamer Song beginnt. Jake sieht Claire fragend an. Ich vermeide es, Mason anzuschauen.

Sophie zieht an Masons Hand. „Du hast gesagt, du tanzt mit mir."

„Ist das okay für dich?", fragt er mich.

„Klar."

Ich sehe zu, wie Sophie ihn auf die Tanzfläche zerrt.

„Vielleicht kannst du ihn ablösen", sagt Claire und zwinkert, bevor sie mit ihrem Mann tanzt.

Mason nimmt Sophies Hand und sagt etwas. Sie tritt auf seine Füße, und er beginnt, sie in langsamen Kreisen zu drehen.

Sie strahlt zu ihm hoch. Mein Herz setzt aus. *Binde dich nicht an ihn!* Ich weiß nicht, ob ich mir mehr Sorgen um sie oder mich mache.

Bald ist die Tanzfläche voll mit Paaren, die sich verliebt ansehen. Das ist schön. Erinnert mich an meine Familie. Meine Eltern, Tanten und Onkel haben lange, glückliche Ehen. Ich dachte immer, ich hätte das Gleiche mit Rick.

Hailey gesellt sich zu mir. „Hallo!"

„Wunderschöne Hochzeit", sage ich. „Du weißt, was du tust. Ich war noch nie bei einer Winterhochzeit."

„Danke! Ich hab alles gemacht. Sogar eine Halloween-Hochzeit."

„Das muss spannend gewesen sein."

Sie gestikuliert lebhaft. „War es! Spinnweben, Schädellichter, Kürbislaternen. Die Braut trug Schwarz, der Bräutigam einen Umhang und Zähne. Jedenfalls hab ich dich noch nicht tanzen gesehen. Komm beim nächsten schnellen Lied mit!"

Ich erröte vor Scham. „Klar." Sie hat Mitleid, weil ich den meisten hier fremd bin. Ich hatte nicht mit einer so kleinen Hochzeit gerechnet, wo Sophie und ich auffallen.

Hailey lächelt breit. „Mason ist ein Guter. Er hatte mal eine ernste Beziehung, also kann er das. Er braucht nur die richtige Frau."

Ich starre geradeaus. „Hm, ich hoffe, er findet sie."

Das langsame Lied endet. Sophie tanzt wie wild zum nächsten Song mit einem wummernden Bass, und Mason geht weg, sucht jemanden. Unsere Blicke treffen sich, und er kommt auf mich zu. Ich merke, dass ich lächle.

„Mason, komm mit uns auf die Tanzfläche", sagt Hailey.

„Eigentlich muss ich was Geheimes für Braut und Bräutigam erledigen. Ich bin zurück, bevor du's merkst." Er dreht sich zu mir. „Okay für dich?"

„Klar. Kein Problem."

Er lächelt und joggt aus dem Ballsaal.

Hailey drückt meine Schulter. „Keine Sorge, er kommt zurück."

„Oh, ich mache mir keine Sorgen."

„Gut, dann tanzen wir."

Nach unserem schnellen Tanz entschuldige ich mich, um Wasser aus einem Krug am Tisch zu holen. Es fühlt sich seltsam an, mit Masons neugieriger Familie zu tanzen, die mich lächelnd mustert. Ist Sophie der einzige Grund, warum er uns eingeladen hat? Ich wüsste nicht, warum seine Familie *mich* sonst so interessant findet.

Ich stelle das Glas ab und beschließe, zur Damentoilette zu gehen, um kurz Ruhe zu haben. Sophie tanzt stürmisch mitten in der Menge. Sie wird nicht merken, dass ich weg bin.

Mason trifft mich im Flur. „Hi! Sorry, dass ich dich allein gelassen habe. Wir waren draußen, das Auto des Brautpaars dekorieren. Musste diskret sein wegen Shaylas Sicherheit, also hauptsächlich innen."

„Was habt ihr gemacht?"

Er grinst. „Ein kleines Glückwunsch-Banner am Fenster und einen Haufen Regenbogenkondome und essbare Unterwäsche."

Mir klappt die Kinnlade runter. „Echt?"

„Das war Nathans Idee. Er ist Owens bester Freund und Geschäftspartner. Ich wette, es gibt Rache, wenn Nathan mal heiratet. Komm, ich stelle dir noch mehr Leute vor."

So viel zu einem ruhigen Moment in der Damentoilette, aber ich gebe zu, ich fühle mich wohler mit Mason an meiner Seite. Doch dann führt er mich zu seinen Eltern.

„Ich hab sie vorhin kurz getroffen", sage ich, etwas nervös, dass Mason mich seinen Eltern vorstellt.

„Sie wollen mit dir reden."

Ich nähere mich mit einem freundlichen Lächeln, obwohl ich aufgeregt bin. Ich brauche ihre Zustimmung nicht, da Mason nur ein Bekannter ist. Ich wische meine feuchten Hände am Kleid ab.

„Hi", sage ich.

Sein Vater, Parker, lächelt. Seine Mutter sagt: „Hey."

Parker kenne ich quasi aus dem Fernsehen. Er ist ein entspannter Typ und erfahrener Mechaniker. Seine Mom, mit dem kurzen braunen Bob und den scharfen braunen Augen, wirkt tough, als ließe sie sich nichts vormachen. Ich würde mich nicht mit ihr anlegen.

„May eröffnet das Inn gegenüber von Mackenzie und Harper", sagt Mason.

Parker schenkt mir ein warmes Lächeln, das an Masons erinnert. „Hab vom Inn gehört. Wie läuft's?"

„Fast fertig." Ich drücke mir die Daumen. „Ich hoffe auf

ein volles Haus, wenn ich am Valentinstag-Wochenende eröffne."

Seine Eltern nicken.

Mason lächelt. „Du schaffst das."

Seine Mutter mustert mich kurz. „Wie alt ist deine Tochter?"

„Sophie ist fünf. Sie ist dieses Jahr in den Kindergarten gekommen." Ich schaue zur Tanzfläche, wo Sophie in eine Richtung wirbelt, dann in die andere, ihr Kleid zum Fliegen bringt. Sie hat den Spaß ihres Lebens. Was ich nicht alles für sie tue! Die Peinlichkeit hat heute neue Höhen erreicht.

Mason nimmt meine Hand. „Komm, lass uns tanzen." Er zieht mich von seinen Eltern weg. Ich verabschiede mich schnell, so erleichtert, dass ich mir keine Sorgen ums Tanzen mit ihm mache. Er führt uns in eine Ecke der Tanzfläche, weg von neugierigen Blicken.

„Du kommst nach deinem Dad", sage ich.

Er lächelt, seine braunen Augen funkeln amüsiert. „Stimmt. Mom ist etwas rauer. Mir wurde gesagt, sie ist mit dem Alter weicher geworden. Hast du schon mal eine furcht-lose Frau mit schwarzem Gürtel getroffen, die sich nichts vormachen lässt?"

„Das hab ich wohl gerade."

Er bewegt sich zum Rhythmus. Er hat ein gutes Gespür dafür. *Denk nicht* dran, *was das bedeutet!*

Ich fange an zu tanzen, hoffe, seine Eltern beobachten uns nicht. „Deine Mutter muss streng gewesen sein."

„Überhaupt nicht, aber sie hatte Regeln, damit wir Jungs uns nicht umbringen. Zwischen mir und meinen Brüdern wurde es schnell handgreiflich. Mom hat ein laminiertes Poster in die Küche gehängt, mit Regeln, wie man Streit beilegt, wer vorne sitzt und wer die Fernbedienung kriegt. Solches Zeug."

„Wow! Meine Schwester und ich waren friedlich, haben nett gespielt."

„Ihr habt euch nie gestritten?"

„Doch, vor allem als Teenager, aber es wurde nie handgreiflich."

Ich weiß nicht, wer sich zuerst bewegt, aber plötzlich sind wir näher, tanzen im Takt des wummernden Beats. Meine Welt schränkt sich auf ihn ein. Sein Blick wandert von meinen Augen zu meinen Wangen, dann zu meinen Lippen. Ich befeuchte sie, fühle mich plötzlich unsicher. Ich spüre die Hitze seines Körpers, jeder Nerv steht stramm.

Das Lied endet, und ich trete zurück, überwältigt von der Intensität. Ich sehe ihn an. Er wirkt so verwirrt, wie ich mich fühle. Ein neues Lied startet einen Line Dance. Das scheint sicherer.

Wir machen mit. Es ist eine Erleichterung, neben ihm zu stehen, aber nicht so nah. Er lächelt, als er einen Schritt verpasst und spielerisch korrigiert.

Es folgen lustige Tänze – der Ententanz, der Hokey-Pokey, dann „Twist and Shout".

Ich bin rot vor Aufregung und habe mehr Spaß, als ich dachte. „Twist and Shout" endet, ein langsamer Song beginnt. Ich erstarre. Ein Teil von mir will langsam mit Mason tanzen, ein anderer hat Angst, zu viel für einen Mann zu fühlen, den ich in der Freundschaftszone halten muss.

Sophie rennt zu Mason. Ihr Haar ist feucht vor Schweiß, ihr Gesicht gerötet. „Noch mal tanzen." Sie nimmt seine Arme und steigt auf seine Füße.

Mason hebt sie runter. „Eigentlich wollte ich gerade mit deiner Mom tanzen." Mein Herz stolpert. Gefährliches Terrain.

Sie streicht sich die Haare aus dem Gesicht. „Okay. Ich schwitze."

„Ich hole dir Wasser", sage ich, nehme ihre Hand und gehe von der Tanzfläche.

Nachdem ich ihr Wasser vom Tisch eingeschenkt habe, fällt mein Blick auf Mason. Er steht am anderen Ende des Raums, seine Augen auf mich gerichtet. Ein Schauer läuft mir über den Rücken. Da ist etwas zwischen uns, eine Anziehung. Ich muss Abstand halten.

Nach dem langsamen Song wird die Musik mit „YMCA" wieder schneller, und wir stürmen auf die Tanzfläche. Mason zeigt Sophie die Bewegungen. Seine Cousinen Mackenzie und Harper kommen dazu. Meine Nachbarinnen gegenüber. Beide haben lange braune Haare, Harpers etwas heller. Sie könnten Schwestern sein, obwohl sie Cousinen sind.

Ich lache, als alle die Buchstaben zum Lied formen. Mackenzie verbiegt sich, um die YMCA-Buchstaben perfekt hinzukriegen.

Harper deutet auf sie. „Ehemalige Cheerleaderin."

Mackenzie strahlt. „Und ich trainiere, um flexibel zu bleiben."

Als das Lied endet, sagt Mason: „Sorry, mein Dad braucht mich."

Ich gehe mit Mackenzie und Harper von der Tanzfläche. „Das war lustig."

„War es", sagt Mackenzie. „Mason steht auf dich. Das merke ich."

Ich versuche, nicht zu erröten, und scheitere. „Nur Freunde", murmele ich. Wer hätte gedacht, dass seine Familie so erpicht darauf ist, uns zu verkuppeln? Er trifft sicher viele Frauen.

Mackenzie dreht mich leicht und zeigt mit dem Ellbogen auf den Trauzeugen, Nathan, einen Mann mit dunklen Haaren und durchdringenden blauen Augen. „Siehst du, wie Nathan Harper ansieht?"

Ich nicke. Sein Blick wirkt sehnsüchtig.

„Das macht er nicht", sagt Harper, schaut selbst, dreht sich zurück. „Zufall. Er hat hergeschaut, weil wir geschaut haben."

Mackenzie fährt fort: „Dieser verträumte Blick, den Nathan Harper zuwirft, ist genau wie Masons Blick auf dich."

Harper verschränkt die Arme. „Ein Typ kann jemanden ansehen, ohne dass es was bedeutet. May, ich verstehe es. Du und Mason seid nur Freunde, so wie Nathan und ich uns einfach ewig kennen."

Mackenzie lacht. „Komm schon. Du –"

Harper drängt sich näher. „Er kommt her."

Ein langsamer Song beginnt.

Harper sucht nach Ausreden. „Mist, Mist, Mist! Gehen wir zur Damentoilette, uns frisch machen." Doch bevor sie Mackenzie wegziehen kann, ist Nathan da. Der Mann könnte ein Model sein.

Er lächelt. „Hallo, Ladys. Harper."

Sie funkelt ihn an.

„Besser als dein Du-bist-für-mich-tot-Blick", sagt er. „Tanz mit mir."

Harper hebt das Kinn. „Ist das ein Befehl?"

„Bitte."

Mackenzie schubst sie. „Geh, tanz mit deinem alten Bekannten."

Harper seufzt. „Na gut. Ich tanze mit dir."

Sie gehen zur Tanzfläche, Harper voran. Mackenzie zeigt zur Bar. „Unser Stichwort. Drink?"

„Klar."

Wir gehen zur Bar. „Ein Wunder, dass sie mit ihm tanzt", sagt Mackenzie. „Nach den Drinks muss ich ein Foto machen."

„Was ist mit ihnen?"

„Als Kinder waren sie beste Freunde. Er ist ihr Nachbar, sie sind zusammen aufgewachsen. Irgendwas ist auf dem Abschlussball passiert, das sie dazu brachte, ihn zu hassen. Keine Ahnung, was. Ich schätze, sie hat den ersten Schritt gemacht, und er hat sie abblitzen lassen."

„Das Leben ist zu kurz, um Groll zu hegen", sage ich.

„Stimmt. Aber wenn's ums Herz geht, versteh ich das. Ich will immer noch, dass mein Ex in der Hölle schmort." Wir erreichen die Bar. „Champagner?"

„Klar."

Wir nehmen unsere Drinks und gehen an die Seite des Raums. Ich bemerke Masons Blick. Sein Vater wirkt ernst, während er mit ihm redet. Mason schaut weg, runzelt die Stirn. Ich hoffe, keine schlechten Neuigkeiten.

Mackenzie führt uns zu einem Tisch am Rand der

Tanzfläche.

„Oh, das Foto", sagt sie, stellt ihren Drink ab. „Wo sind sie?"

Ich zeige nach links, wo Nathan und Harper jetzt in Tanzposition stehen und hitzig diskutieren.

„Oh nein", murmelt Mackenzie.

Harper reißt sich los und marschiert von der Tanzfläche zur Bar. Nathan folgt. Sie bleibt abrupt stehen, dreht sich um, sagt etwas, das ihn mit erhobenen Händen zurückweichen lässt.

Nathan wirft Mackenzie einen schiefen Blick zu und zuckt die Schultern. Sie dreht sich zu mir. „Ich schwöre, er ist ein guter Kerl. Wir sind mit Owen Partner in einem Technologiesicherheitsunternehmen."

„Man sagt, Liebe und Hass liegen nah beieinander."

„Meine Eltern sind der Beweis", sagt sie lachend. „Hassliebe bis zum unvermeidlichen Ende."

„Wie das?", frage ich.

Mason gesellt sich zu uns. „Hey, sie schneiden jetzt den Kuchen."

„Eine Geschichte für ein andermal", sagt Mackenzie lächelnd.

Ich sehe zu ihren Eltern, die dicht beieinanderstehen, Joshs Arm um Haileys Schultern, völlig zufrieden. Schwer, sich bei ihnen Hassliebe vorzustellen.

Sophie hüpft herbei. „Endlich Kuchen!"

Wir versammeln uns, um beim Kuchenschneiden zuzusehen. Ich erwische Mason, wie er mich ansieht, doch er wendet sich schnell ab, blickt zu seinem Vater und wirkt schuldbewusst.

Was hat das zu bedeuten?

～

Mason

Ich bin still auf der kurzen Fahrt zu Mays Haus. Sophie schläft auf dem Rücksitz, erschöpft vom Tanzen. Ich hatte viel

Spaß mit May. Sie ist witzig und süß. Süß bin ich nicht gewohnt, aber ich mag es. Bis Dad mich für ein Gespräch beiseitezog. Ich kann die ernsten Gespräche mit ihm an einer Hand abzählen. Er war immer der *Das-Leben-ist-der-beste-Lehrer*-Typ.

Seine Warnung geht mir nicht aus dem Kopf: „Sei vorsichtig mit einer alleinerziehenden Mom. Mach ihr nichts vor. Ein kleines Mädchen wie Sophie ist leicht zu beeindrucken. Wenn es nicht klappt, verletzt du beide."

Ich hab ihm versichert, dass wir nur Freunde sind, kein Problem. Er hat's mir nicht abgekauft. Schätze, er hat gemerkt, dass ich mehr Spaß mit May beim Tanzen und Reden hatte als seit Langem. Es fühlt sich einfach gut an, mit ihr zusammen zu sein.

Ich schaue im Rückspiegel auf die schlafende Sophie. Das Letzte, was ich will, ist, ein unschuldiges Kind zu verletzen, auch wenn es nur durch eine Verbindung mit ihrer Mutter wäre. Sophie sehnt sich nach einem Dad. Wenn ich nicht bereit bin für so ein Leben – und das bin ich nicht –, hat Dad recht: Ich sollte nicht weiter mit May machen.

„Alles okay?", fragt May. „Du bist so still."

„Nur müde. Aber tolle Hochzeit."

„Danke für die Einladung."

„Klar. Schätze, Sophie schafft's nicht bis Mitternacht, um mit Sprudelwasser anzustoßen."

May lacht, und der Klang wärmt mich. „Wir feiern bei uns Silvester um 21 Uhr. Der Abend war sowieso eine Feier für sie."

„Freut mich, dass sie Spaß hatte." Ich presse die Lippen zusammen, um die Worte zurückzuhalten, die ich wirklich sagen will – ich hatte eine tolle Zeit, und das nur deinetwegen.

Abstand halten ist das Beste.

Bei ihr angekommen, drehe ich mich zu ihr. „Brauchst du Hilfe, Sophie reinzutragen?"

„Ich mach das."

Sie steigt aus und holt Sophie, die aufwacht. Ich sollte sie zumindest zur Tür begleiten. Ich steige aus und gehe mit ihr den Weg hoch. May hat einen Arm um Sophie, die schläfrig stolpert.

May öffnet die Tür und schiebt sie auf. „Zähne putzen, dann ab ins Bett."

Sophie schlurft rein wie ein Zombie. „Zu müde für Zähneputzen." Sie geht nach oben.

May dreht sich zu mir. „Gute Nacht und frohes neues Jahr!" Sie hebt die Arme, als wollte sie mich umarmen, entscheidet sich dann für einen Händedruck.

Ich schüttle ihre Hand. Ein seltsamer Abschied. Unsere Blicke treffen sich, und ich spüre den gleichen elektrischen Strom wie beim Tanzen. Chemie.

Ihre Wangen werden rosa. „Bye."

Ich trete zurück. „Ich bin mir nicht sicher, ob wir Freunde sein können." *Weil ich mich viel zu sehr zu dir hingezogen fühle.*

„Oh. Ich dachte, wir hatten heute Spaß."

Ich atme aus. „Hatten wir. Es ist nur, weißt du, anders wegen der Single-Mom-Sache."

„Ah, okay."

„Sophie ist noch so klein –"

Sie hebt die Hand. „Du musst nichts erklären. Ich hab genau dasselbe gedacht. Bist du trotzdem mein Handwerker?"

„Ja", sage ich erleichtert. Es ist ja kein Abschied für immer. „Seh dich morgen."

„Okay. Bye, Mason."

Klang ihre Stimme traurig? Soll ich sagen, dass es nicht an ihr liegt, sondern an der Situation?

Ich deute auf sie, suche nach den richtigen Worten.

„Ja?"

Ich kratze meinen Kopf, unsicher, warum ich zögere. „Bye." Ich drehe mich um und eile zur Tür hinaus. Besser nicht zögern. Pflaster abreißen und fertig.

Auf dem Weg nach Hause blitzen Bilder des Abends auf. Mays Freude beim Tanzen, ihr süßes Lächeln, ihr Lachen.

Manchmal fühlt sich das Richtige so falsch an.

5

Mason

Am nächsten Tag komme ich mit meiner Ausrüstung und Werkzeugkiste bei May an. Ich rechne damit, dass es unangenehm wird, nachdem ich gesagt habe, dass wir keine Freunde sein können. Am besten behandle ich das wie einen Job. Rein, raus. Kein Grund, mit May über die Arbeit hinaus zu reden. Ich behandle sie wie meine Kunden, nur mit weniger Lächeln. Ich will ihr keine falschen Signale senden, vor allem, während ich so tue, als wäre ich nicht zu ihr hingezogen.

Ich gehe den vorderen Weg hoch. Im Vorgarten steht ein Schneemann mit einem Mopp als Haaren, einer Karottennase, Steinen als Augen und einem schmelzenden Mund. Ich lächle, erinnere mich, wie meine Brüder und ich im Schnee gespielt haben. Wir bauten Festungen, stapelten Schneebälle als Munition und warfen sie, als wären wir im Krieg. Michaels Nase brach durch einen gut gezielten, vereisten Schneeball – vielleicht von jemandem, der sauer war, weil er ihm Schnee in den Kragen gestopft hatte. Gute Zeiten.

Wie bei den meisten unserer wilden Späße führte das zu einer neuen Shaw-Familienregel: Keine Schneebälle ins Gesicht. Diese Regeln wuchsen mit uns. Mom zwang uns, sie aufzusagen, wenn eine gebrochen wurde. Sophie hat Glück, dass sie sich keine Sorgen um Geschwister oder Familienregeln machen muss.

Aber wo wäre ich ohne meine Brüder? Sophie hat keinen Dad *und* keine Geschwister. Das muss einsam sein. Nicht mein Problem. Ich bin hier, um einer … na ja, nicht Freundin zu helfen. Nur jemand, den ich kürzlich getroffen und mit zur Hochzeit genommen habe. Das war's.

Ich klingele.

May öffnet die Tür mit einem breiten Lächeln. „Guten Morgen." Sie trägt einen weiten grünen Pullover über Leggings, und ich kann nur an die Kurven denken, die sich darunter verbergen.

„Guten Morgen." Meine Stimme klingt heiser. Reiß *dich* zusammen! Ich trete ein.

Sophie taucht mit einem riesigen Schlapphut und einem Badeanzug auf, ein Handtuch um die Schultern. Pinke Winterstiefel runden das Outfit ab. Sie hat einen Strandball unter dem Arm.

„Bei uns ist Strandtag", sagt sie, bevor sie mir den Ball an den Kopf wirft. Er trifft, weil ich nicht abwehren kann, mit den Händen voller Zeug.

„Sophie!", ruft May. „Entschuldige dich!" Sie dreht sich zu mir. „Das tut mir so leid. Das hat sie noch nie gemacht."

Ich stelle Werkzeugkiste und Ausrüstung ab und hebe den Ball auf. „Mir geht's gut. Meine Brüder und ich haben Schlimmeres gemacht."

Sophie schnappt den Ball aus meinen Händen. „Was denn?"

„Sophie, entschuldige dich!", sagt May. „Das war unhöflich, besonders zu jemandem, der in seiner Freizeit hier ist, um uns mit dem Inn zu helfen."

Sophie schaut auf meine Schuhe. „Entschuldigung", murmelt sie leise.

„Ich vergebe dir."

Sie hebt den Kopf und grinst. „Warst du schon mal in einem Pool mit Rutsche? Ich war auf Brittanys Geburtstagsparty."

„Klar."

May seufzt. „Sophie, zieh dir was Wärmeres drüber. Es ist Winter. Mason, möchtest du einen Kaffee, bevor du anfängst? Ich könnte einen gebrauchen."

Ich denke an uns beide am Küchentisch. Zu nah.

„Nein, danke." Ich deute zur Treppe. „Ich fang im zweiten Zimmer an."

„Danke! Ich halte dir Sophie vom Leib."

„Ich hab eine große Familie. Ich bin's gewohnt, mich im Chaos zu konzentrieren. Nicht, dass Sophie Chaos ist. Ich bin sicher, sie ist gut … erzogen oder wie Eltern das nennen, um Kinder im Griff zu haben."

Ihre haselnussbraunen Augen funkeln amüsiert. „Erzogen."

„Genau." Ich gehe zur Treppe, peinlich berührt. Ich muss mir keine Sorgen machen, Distanz zu halten. Ich schaffe das, indem ich das Falsche sage. Man handhabt Kinder nicht, man erzieht sie. Als wäre es ein Unternehmen.

Ich mache mich an die Arbeit, konzentriere mich auf die Trockenwand. Lautes Stampfen kommt von der Decke, als würde Sophie auf Möbel springen oder tanzen. Ist May bei ihr? Was machen Mom und Tochter den ganzen Tag ohne Kindergarten? In unserem Haus hatte ich als Kind eingebaute Freunde – meine Brüder. May muss manchmal Sophies Freundin sein.

Hör auf, an May und ihr Leben mit Sophie zu denken.

Ich höre May mit jemandem sprechen, wahrscheinlich am Telefon. Mit wem hängt sie ab? Ihrer Zwillingsschwester Alice, das weiß ich. Hat sie eine große Familie? Ich hab so viele Tanten, Onkel, Cousins, alle vor Ort.

Verdammt, je mehr ich versuche, nicht an May zu denken, desto mehr tue ich es. Ist das ein Verbotene-Frucht-Ding?

～

Ich schließe meinen Werkzeugkasten, zufrieden mit der Arbeit. Ich hab viel geschafft. Noch zweimal die Trockenwand bearbeiten und die restlichen Leuchten einbauen.

Ich gehe runter, wo ein köstlicher Duft nach Essen aus dem Ofen strömt. Käse und Tomate, glaube ich. Mein Magen knurrt. Ich hatte nur einen Eiweißriegel zum Mittag, dachte, je schneller ich fertig bin, desto besser. Ich sage May, dass ich gehe.

„May?"

Sie kommt aus der Küche rechts. „Hey! Fertig?"

„Für heute. Der Wildzaun ist repariert, ein paar Leuchten sind drin, die Trockenwand hab ich ausgebessert, aber ich muss noch zweimal drüber und die Lichter fertig machen. Noch zwei Tage, dann bist du mich los."

„Okay, danke. Lass mich mein Portemonnaie holen."

Ich hebe die Hand. „Keine Bezahlung nötig."

Sie presst die Lippen zusammen. „Ich muss dir was geben. Kostenlose Nacht im Inn, wenn es geöffnet ist?"

Das Letzte, was ich brauche, ist, nah an ihrem Zimmer zu schlafen. Ich wäre die ganze Nacht wach.

Ich schüttle den Kopf. „Nein, danke. Heb das für zahlende Gäste auf."

„Dann bleib zum Abendessen. Es gibt genug, oder ich pack dir was ein."

Sophie schreit hinter mir: „Bleib! Iss mit uns!"

Ich drehe mich um. Sophie hüpft die Treppe runter, immer noch in den Stiefeln, aber jetzt in wärmerer Kleidung – langärmliges Oberteil, Rock mit Hose drunter. Sie trägt einen Partyhut mit bunten Punkten.

„Ich hab Hunger", gebe ich zu.

„Es gibt Ziti!", ruft Sophie. „Die mag ich am liebsten."

„Das ist auch mein Lieblingsessen. Ich liebe Italienisches."

May nickt. „Super! Dann Abendessen." Sie schaut zwischen Sophie und mir hin und her. Sophie strahlt mich an, ihre braunen Augen leuchten. Dads Warnung, eine alleinerziehende Mom zu daten und wie leicht ein Mädchen zu beeindrucken ist, schießt mir durch den Kopf.

Sophie zieht an meinem Ärmel. „Komm, wir können bis zum Essen fernsehen. Ich hab *Twinkle Fairies* aufgenommen."

May verkneift sich ein Lachen und geht zurück in die Küche.

Sophie wartet nicht auf eine Antwort. „Du wirst es lieben." Sie zerrt mich zum Wohnzimmer hinten im Haus. „Ich mag Dixie am liebsten. Sie hat Feuermagie, und ihr Haar ist ein Regenbogen. Danach mag ich Rose, sie kann sich unsichtbar machen …"

Es müssen zwanzig Feen sein, und sie kennt jede bis ins Detail. Mein Kopf schwirrt von den ganzen unwichtigen Infos.

Ich lasse mich auf ein Ende des Blumensofas fallen, sie sitzt im Schneidersitz in der Mitte. Sie startet eine Folge *Twinkle Fairies*, eine animierte Serie mit funkelnden Effekten. Sophie redet so laut darüber, dass ich den Dialog nicht höre. Nicht, dass ich will.

Wann gibt's Abendessen?

~

May

Wir essen an unserem kleinen rechteckigen Küchentisch, Sophie in der Mitte, Mason und ich gegenüber. Mason haut mit Begeisterung in die Ziti rein, während Sophie aufgeregt über ihre Lieblingsserie *Twinkle Fairies* plappert. Die Stimmung ist anders mit Mason am Tisch. Er füllt den Raum. Ich fühle mich zu ihm hingezogen, beobachte seinen Ausdruck, wie er versucht, mit Sophies Monolog mitzuhalten, der nur an ihn gerichtet ist.

Mason nickt Sophie zur rechten Zeit und macht oft genug „M-hm", um sie bei Laune zu halten. Er ist geduldig und freundlich.

Er trifft meinen Blick, und mein Herz schlägt schneller. „Die Ziti sind so gut! Bist du Profiköchin?"

Sophie widmet sich endlich wieder ihrem Essen.

Ich lächle über das Kompliment. „Nein, kein Profi. Ich koche einfach gern."

„Was hast du gemacht, bevor du ins Inngeschäft eingestiegen bist?", fragt er.

„Mommy hat für einen Seelensauger gearbeitet."

Ich schüttle lachend den Kopf. „Ich hatte einen Job, der seelenaussaugend war. Nicht für einen Seelensauger." Ich wende mich Mason zu. „Ich war in der Finanzdienstleistung. Viele Quartalsberichte und Zahlenjonglieren."

Er verzieht das: „Das klingt echt seelenaussaugend. Was wolltest du als Kind werden?"

Eine Mom. Das behalte ich für mich. Ich liebe Babys und Kleinkinder. „Ich war in der Highschool und am College Sommercamp-Beraterin. Sie gaben mir immer die jüngste Gruppe, Drei- und Vierjährige. Die waren lustig, aber anstrengend. Hat mir Geduld fürs echte Leben gegeben."

Er sticht noch ein paar Ziti auf. „Und was wolltest du machen? Ein eigenes Sommercamp leiten?"

„O Gott, nein, dann muss man sich mit anspruchsvollen Eltern rumschlagen. Was ist mit dir? Was wolltest du als Kind werden?"

Er zeigt mit der Gabel auf mich, wirft mir einen wissenden Blick zu. „Glaub nicht, ich hab nicht gemerkt, dass du ausgewichen bist. Wir kommen darauf zurück. Ich wollte Profi-Baseballer werden. Wie alle meine Brüder. Wir dachten, wir wären die ersten vier Brüder in der Major League."

Ich lächle. „Das wäre was gewesen. Wie bist du zu *Hot Finds* gekommen?"

„Dad war schon mit Onkel Ty in der Show. Dad ist der erfahrene Mechaniker, Ty war nur Moderator. Als Ty ausgestiegen ist, bin ich eingesprungen, und Dad hat mir alles beigebracht. Er kann alles Mechanische reparieren – Flugzeug, Auto, Motorrad."

„Wow, ein Flugzeug?", frage ich.

Er neigt den Kopf. „Er war Mechaniker bei der Air Force. Jedenfalls liebe ich meinen Job, und die Show macht Spaß."

„Toll, dass du deine Arbeit liebst."

Sophie isst ihren Salat zwischen Fragen an Mason, will alles über *Hot Finds* wissen. Wer wählt seine Outfits? Fährt er die Autos schnell nach Hause? Wie entscheidet er sich für eine Farbe?

Er beantwortet jede Frage ernst, mit einem gelegentlichen Anflug von Lächeln. Ich hätte nicht gedacht, dass er so gut mit Sophie klarkommt. Das ist nett.

Nach dem Essen räume ich das Geschirr ab, und Mason hilft.

Am Spülbecken sagt er leise: „Sie ist ein Plappermaul."

„Oh ja!"

Sophie taucht neben Mason auf, sieht ihn mit großen Hundeaugen an. „Kann ich bitte zugucken, wenn du *Hot Finds* machst?"

„Wir filmen erst im Frühling wieder."

„Das hat er dir schon gesagt", erinnere ich sie. „Frag nicht ständig."

Sophie lässt die Schultern hängen, ihr Gesicht total niedergeschlagen, bis sie wieder hoffnungsvoll aufblickt. „Kann ich die Autos von *Hot Finds* sehen?"

Ich hole das Tiramisu raus, das ich für den Nachtisch gekauft habe. „Sophie, du siehst sie im Fernsehen. Ich bin sicher, Mason ist bei der Arbeit sehr beschäftigt." Ich schaue zu Mason. „Fühl dich nicht verpflichtet."

Er hebt die Hände. „Ich weise keinen Autofan ab."

„Heißt das Ja?", fragt Sophie.

Er sieht mich an. „Wenn's für deine Mom okay ist."

Sophie wirft mir ihren besten Hundeblick zu. Mir fällt kein Grund ein, warum wir keine Autos ansehen sollten. Es ist ein Geschäft. Keine große Sache.

„Klar", sage ich. „Danke für die Einladung!"

Sophie klatscht und dreht sich zu mir. „Ich hätte gern ein extra großes Stück Tiramisu, bitte."

„Ich auch", sagt Mason und gibt ihr ein High Five.

Sie drehen sich mit dem gleichen hoffnungsvollen Blick zu mir. Er passt zu uns. Was würde es schaden, ihn ein bisschen reinzulassen?

„Du kannst mehr haben, wenn du noch Hunger hast", sage ich.

Mason und Sophie tauschen einen Blick, und mein Herz zieht sich zusammen. Es ist leicht, meine Sorgen um Mason zu vergessen, wenn Sophie so glücklich ist.

6

———

Mason

Heute bekomme ich mein drittes und letztes selbstgekochtes Abendessen bei May. Alles, was sie kocht, ist fantastisch und mehr als genug als Dankeschön. Zu Hause koche ich meist einen Abend und esse dann drei Tage Reste. Nichts Aufregendes – Burger, Steak, gebackener Lachs.

Ich gewöhne mich an die schnell sprechende Sophie. Obwohl, ich muss zugeben, ich höre nicht genau hin. Ich werde mir nie all die Details merken, die sie über ihre Lieblingsserien, die Schule und ihre Freunde erzählt. Es ist, als wollte sie mir in Windeseile ihre Lebensgeschichte erzählen.

May dagegen achtet darauf, nicht zu viel preiszugeben. Liegt's daran, dass Sophie da ist? Vielleicht könnten wir uns mal nur zu zweit treffen, um zu reden. Als Freunde. Solange ich die Grenze nicht überschreite, könnte es klappen. Die Alternative – nie wieder Zeit mit ihr zu verbringen – fühlt sich verdammt schwer an.

Nach einem unglaublichen Hühnchengericht mit gebratener Paprika und Reis helfe ich, den Tisch abzuräumen. Sophie flitzt aus dem Zimmer, wahrscheinlich zum Fernsehen. May lässt sie, wenn sie beschäftigt ist.

„Wieder ein tolles Abendessen", sage ich. „Du könntest

ein Fünf-Sterne-Restaurant führen. Vielleicht eine Ergänzung fürs Inn."

Sie schüttelt lächelnd den Kopf. „Ich biete Frühstück und nachmittags Kekse an, aber mehr wäre zu viel. Freut mich, dass es dir geschmeckt hat. Ich bringe dich raus."

Klar. Kein Verweilen nötig. May hat deutlich gemacht, dass sie nichts als Reparaturen von mir will. Egal, wie warm und freundlich sie war. So ist sie vermutlich zu allen. Deshalb eröffnet sie ein Inn.

Wir gehen zur Tür.

Sie lächelt, aber es wirkt etwas gezwungen. „Danke nochmal für deine harte Arbeit. Ich weiß das wirklich zu schätzen."

„Gern geschehen." Ich zögere, nicht bereit, mich für immer zu verabschieden. „Schätze, ich geh' dann."

Sie hebt die Hand zu einem kleinen Winken.

„Es sei denn …"

Sie strahlt. „Ja?"

„Du und Sophie könntet Samstag im Laden vorbeischauen, um zu sehen, wo die Action für *Hot Finds* stattfindet. Ihr seid Fans, und du hast gesagt, es wäre okay, wenn sie die Autos sieht."

„Ja! Ja! Ja!", ruft Sophie und rennt ins Foyer.

May schenkt mir ein kleines Lächeln. „Schätze, das ist ein Ja."

Sophie wirft die Arme hoch. „Juhu! Kann Olivia H. mitkommen?"

„Lass uns das unter uns machen", sagt May.

Sophie strahlt mich an und rennt zurück ins Wohnzimmer. Wie lange hat sie unseren peinlichen Abschied beobachtet?

Ich lächle May an, und sie erwidert es, diesmal ein echtes Lächeln.

Es kann doch nicht schaden, eine Freundin nochmal zu sehen.

May

Sophie ist wie üblich beim Sonntagsbrunch bei meinen Eltern, was mir dringend benötigte Zeit allein gibt. Normalerweise würde ich entspannen, aber heute bin ich rastlos. Ich weiß nicht, warum. Es fehlt mir nicht an Arbeit fürs Inn. Ich muss noch Bettwäsche, Vorhänge und all die letzten Details bestellen, um es für Gäste gemütlich zu machen. Ganz zu schweigen von Fotos und der Ankündigung der Valentinstagseröffnung.

Es ist nur … ich hab' mich irgendwie daran gewöhnt, Mason zum Abendessen hier zu haben, und das ist vorbei. Es war schön, einen anderen Erwachsenen zum Reden zu haben.

Es klingelt, und meine Laune hebt sich. *Ist das Mason?* Mein Puls rast. Ich glätte meine Haare und gehe zur Tür. Ich wüsste keinen Grund, warum er vorbeikommt. Es sei denn, er denkt so an mich wie ich an ihn.

Ich schaue durch den Spion und öffne die Tür für meine Nachbarinnen Mackenzie und Harper. Masons Cousinen. Mackenzies braunes Haar ist zu einem hohen Pferdeschwanz gebunden, sie trägt Laufkleidung. Harpers honigbraunes Haar ist unter einer Baseballmütze versteckt, sie hat Ugg-Hausschuhe unter ihrem langen Mantel. Sonntagmorgen-Look.

„Hi, May, dürfen wir rein?", fragt Mackenzie.

Ich trete zurück. „Klar. Braucht ihr was?"

„Eine Tasse Zucker", sagt Harper.

„Oh, okay."

„Das war ein Witz", sagt Mackenzie und schaut sich um. „Wow, du hast echt viel geschafft, seit wir das letzte Mal hier waren. Sieht toll aus."

„Danke!"

„Ist Sophie da?", fragt Harper.

Ich verschränke die Arme, schon in Abwehrhaltung. „Sie ist bei meinen Eltern. Warum?"

Mackenzie und Harper tauschen einen Blick.

„Wir haben gesehen, wie Mason drei Abende hintereinander aus deinem Haus kam", sagt Harper.

Mackenzie stupst sie mit dem Ellbogen. „Wir spionieren nicht. Unsere Küche ist vorn, und wir kennen seinen Truck. Jedenfalls kommen wir als Freundinnen, um zu sagen …" Sie bricht ab. „Oh, Mann, wir sind neugierige Nachbarn. Sorry!"

„Mir tut es nicht leid", sagt Harper. „Sie muss das mit Tante Madison wissen. Sie ist eine Naturgewalt."

Meine Brauen ziehen sich zusammen. „Masons Mom? Was hat sie mit mir zu tun?"

Mackenzie schenkt mir ein vorsichtiges Lächeln. „Wir wollten dich nur freundlich warnen, dass sie eine resolute Mom ist. Sei vorsichtig. Ihr Mama-Radar läuft seit der Hochzeit auf Hochtouren. Sie macht sich Sorgen wegen der Single-Mom-Sache, weißt du? Dass Mason für so eine Verpflichtung nicht bereit ist." Sie zuckt die Schultern. „Ich sage: Macht, was ihr wollt. Ich bin sicher, du hältst Sophie da raus, bis du weißt, ob es ernst ist."

Ich versteife mich bei dem unterschwelligen Erziehungs-tipp. „Ich bin auch eine Bärenmama, darum date ich nicht. Ich will sicherstellen, dass Sophie keine Bindung zu jemandem aufbaut, der nicht bleibt. Und das Letzte, was ich will, ist eine Beziehung. Ich bin Witwe. Mein Mann starb vor drei Jahren, wir waren sehr verliebt, und der Gedanke, dass jemand seinen Platz einnimmt, fühlt sich wie Verrat an." Meine Stimme stockt.

„Oh, May, das tut mir so leid", sagt Mackenzie. „Ich wusste nicht, dass du Witwe bist."

„Entschuldigung", murmelt Harper.

Ich schaue zur Tür, aber keine scheint gehen zu wollen.

„Wir sollten Tante Madison das mit der Witwen-Sache erzählen", sagt Mackenzie zu Harper.

„Gute Idee", sagt Harper. „Obwohl die Single-Mom-Sache wohl trotzdem ein Problem ist."

Der Himmel *bewahre mich vor neugierigen Verwandten!*

„Wir sind Freunde", sage ich. „Das war's. Er ist zum Abendessen geblieben, als Dank für die kostenlosen Reparaturen."

Sie sehen mich skeptisch an. Als Nächstes steht Masons

Mom hier und will meine Absichten mit ihrem armen, süßen Jungen wissen, der in den Fängen einer alleinerziehenden Mutter ist.

Mackenzie mustert mich besorgt. „Witwe zu sein ist sicher schwer, aber das heißt nicht, dass du dich für immer der Liebe verschließen solltest."

Harper schnaubt. „Sagt die, die sich selbst der Liebe verschlossen hat."

„Für diese Lebensphase", sagt Mackenzie scharf zu Harper. „Du musst gerade reden." Sie zanken wie Schwestern.

Um den Streit und das Mason-Thema zu beenden, versuche ich etwas, das mir oft durch den Kopf geht. „Man sagt, man kommt nie über seine erste Liebe hinweg. Ich denke, das gilt für mich." Erinnerungen an Grandma Maggie, die in ihren Siebzigern die Liebe wiedergefunden hat, kommen hoch. Ich verdränge den Gedanken. WWMT passt hier nicht.

„Gott, ich hoffe, das stimmt nicht", sagt Mackenzie. „Wenn meine erste Liebe meine letzte ist, hab' ich keine Chance."

„Meine erste Liebe war in der Highschool", sagt Harper. „Kannst du dir vorstellen, immer noch mit deinem Highschool-Freund zusammen zu sein?"

„Ja", sage ich leise. „Mein Mann, Rick, und ich waren seit der Highschool zusammen."

„Das tut mir so leid", sagt Harper.

„Sehr", sagt Mackenzie.

Sie bewegen sich zur Tür.

„Ist okay." Ich bin es gewohnt, dass Leute sich unwohl fühlen, wenn ich über Rick und meinen Verlust spreche. Ich habe mich damit abgefunden. Ein Teil von ihm lebt in Sophie weiter. Er war genauso extrovertiert wie sie.

„Mach's gut, May", sagt Harper. „Man sieht sich."

„Bye."

Mackenzie winkt mit schuldbewusstem Ausdruck.

Sie gehen, und ich schließe die Tür, lehne mich dagegen.

Das war genau der Weckruf, den ich brauchte, um mich wieder auf die Arbeit zu konzentrieren. Kein Reden, kein Denken mehr über Mason. Einfach normales Leben. Himmel, was für eine neugierige Familie!

Ich habe heute viel geschafft. Ich habe den perfekten Teppich für die Tranquility Suite gefunden, und Vorhänge, die an einen Sommertag erinnern – weiß, mit gestickten Ösen an den Rändern. Mom und Dad sind mit Sophie nach dem Brunch in den Spielwarenladen, um ihr ein neues Anfängerpuzzle zu kaufen. Natürlich kann das im Spielwarenladen dauern. Sophie liebt fast alles dort.

Die Tür öffnet sich mit einem Schwall von Lärm und Aktivität. Meine Eltern sind mit Sophie zurück. Sie haben einen Schlüssel.

Ich klappe meinen Laptop zu und breite die Arme für Sophie aus. Sie rennt zu mir und umarmt mich. Ich seufze, atme den süßen Duft ihrer Haare ein. Sie benutzt immer noch das tränenfreie Babyshampoo.

Ich lehne mich zurück, um sie anzusehen. „Spaß gehabt?"

„Ja! Ich hatte Silver Dollar Pancakes mit Schlagsahne und hab ein Feenpuzzle mit zweiunddreißig Teilen! Es ist ab sieben, aber Grandma sagt, ich bin schlau genug dafür." Sie zieht Mantel und Mütze aus und lässt beides auf den Boden fallen.

Mom deutet mit strengem Blick auf die unteren Haken an der Wand. Sophie hängt Mantel und Mütze ohne Murren auf. Mom hat vor der Pensionierung die dritte Klasse unterrichtet und hat immer noch den magischen Touch.

Ich lächle meine Eltern an, ein Studienobjekt in Kontrasten. Mom ist blond, blauäugig, Optimistin. Dad hat karamellbraunes Haar, haselnussbraune Augen, Pragmatiker. Ich komme im Aussehen mehr nach ihm. Ich halte mich für eine vorsichtige Optimistin. „Danke für das Puzzle! Tolle Winterbeschäftigung." Ich schaue zu Sophie. „Hast du dich bei Grandma und Grandpa bedankt?"

„Jaaa", sagt sie dramatisch. Es fehlt nur noch, dass sie die Augen verdreht, für einen Vorgeschmack auf Teenager-Sophie.

Ich hatte das Glück, mit liebevollen Eltern aufzuwachsen, die Alice und mich in allem unterstützten, selbst als Alice ihre buddhistische Mönchsphase hatte und ein Schweigegelübde ablegte. Wir waren vierzehn, hatten gerade von Mönchen in der Schule gelernt. Sie war nur vor Mom und Dad still, sprach in der Schule und flüsterte mir in unserem gemeinsamen Zimmer zu. Während der ganzen Sache machten Mom und Dad Gesten mit versiegelten Lippen, nickten wissend und lächelten, wenn sie nicht antwortete. Sie schrieben ihr Zettel. Ich hoffe, ich bin so geduldig, wenn Sophie Teenager ist.

Mom gibt Sophie das Puzzle und faltet die Tüte vom Laden zu einem ordentlichen Quadrat.

Dad hält Sophie die Hand hin. „Komm, ich helfe dir beim Auspacken."

Sie gibt ihm das Puzzle, und er zieht sein allgegenwärtiges Mehrzweckmesser aus der Tasche, bricht die Siegel an den Rändern.

Sophie nimmt es. „Danke, Grandpa!" Sie rennt ins Wohnzimmer.

Dad folgt. „Ich helfe dir, die Tüte mit den Teilen zu öffnen."

„Okay! Aber ich mache das Puzzle allein."

„Klar, Sophie die Große."

Sie kichert.

Mom wendet sich leise zu mir: „Sie hat nur von Mason dem Großen geredet. Er kann alles reparieren, ist ein Fernsehstar und liebt Mommy. Warum höre ich erst jetzt von ihm?"

Ich seufze. Sophie hofft auf etwas, das nicht passieren wird. Ich muss mit ihr reden, wenn meine Eltern weg sind.

Ich sehe Mom in die Augen. „Weil es nichts zu erzählen gibt. Er hat hier ein paar Sachen repariert. Ich weiß, dass

Sophie vielleicht mehr will, aber Mason und ich sind nur Freunde."

„Sophie sagt, du warst mit ihm auf einer Hochzeit, er war dreimal zum Abendessen hier, und ihr besucht *Hot Finds*."

„Den Drehort von *Hot Finds*", korrigiere ich. „Ja, das Essen war ein Dank für die kostenlosen Reparaturen. Die Hochzeit war spontan, weil Sophie tanzen und Kuchen essen wollte."

Sie wirft mir einen skeptischen Blick. „Das klingt nach mehr als Freunden. Das alles in einer Woche. Klingt wie der Anfang von etwas." Sie zeigt auf mich. „Oh, und Sophie sagte, er konnte dich und Alice auseinanderhalten, als ihr das gleiche schwarze Kleid hattet. Er hat den Test bestanden."

Ich schließe kurz die Augen. Ist Sophie nicht ein Feuerwehrschlauch voller Informationen? Ich muss vorsichtiger sein, was ich ihr erzähle.

Dad kommt lächelnd herüber. „Sie mag das Puzzle."

Mom dreht sich zu ihm. „May sagt, sie und Mason sind nur Freunde, aber sie sehen sich oft."

„Wenn May sagt, sie sind Freunde, glaube ich ihr", sagt Dad. „May, hast du nicht gesagt, nach Oliver, dem Betrüger letztes Jahr, würdest du nie wieder daten?"

„Ja. Ich warte, bis Sophie auf dem College ist."

Er lächelt zufrieden. „Siehst du, Liz, kein Grund zur Sorge."

Mom beißt die Zähne zusammen. „Ich mache mir *keine* Sorgen, Ryan." Sie dreht sich mit strahlendem Lächeln zu mir. „Ich möchte ihn kennenlernen. Lad ihn nächsten Sonntag zu uns zum Abendessen ein."

Gefahr! Mama-Bär-Alarm! Mom wird Mason die harten Fragen stellen: Was sind deine Absichten? Bist du einer, der liebt und abhaut? May ist etwas Besonderes, bla, bla, bla. Peinlich, aber wahr. Sie meint's gut. Ich bin sicher, ich bin entspannter, wenn Sophie datet. Mein Herz stolpert. Sophie? Daten? Lange wegbleiben? Nicht wissen, wo sie ist? Nein, nein, noch viel Zeit bis zu den Teenagerjahren.

Ich schaue Dad an, der das Gesicht verzieht. Er widerspricht Mom nicht, aber er sieht, dass es eine absurde Idee ist, Mason zum Familienessen einzuladen.

„Ich mache einen Braten", sagt Mom.

„Mom, nein, ich lade ihn nicht ein."

„Dann komme ich mit zu *Hot Finds*, um ihn kennenzulernen. Neutraler Boden."

Ich flehe Dad mit einem Blick an.

Er zuckt die Schultern. „Besser als Abendessen, oder?"

Ich werfe die Hände hoch. „Das ist verrückt. Wir sind nur Freunde. Ich sehe ihn wahrscheinlich nicht mal wieder, nachdem wir sein Geschäft besucht haben."

„Ich komme vorbei, als wäre ich an Autos interessiert", sagt Mom. „Du stellst mich vor, ich gehe wieder. Ich bin auch ein Fan der Show."

„Bist du nicht."

Sie hebt das Kinn. „Könnte ich nach dem Set-Besuch sein. Interessanter, Autos live zu sehen als im Fernsehen." Sie wendet sich Dad zu. „Oder?"

„Klar."

Mom drückt meinen Arm. „Sophie ist verrückt nach ihm. Sobald ich ihn treffe, weiß ich, ob er ein guter Fang ist oder zurückgeworfen werden muss."

Ich runzle die Stirn. Eine Woche, und Sophie ist verrückt nach ihm. „Ich will nicht, dass sie sich an ihn bindet. Vielleicht sollte ich den Besuch im Laden absagen."

„Sag nicht ab!", sagt Dad. „Sophie freut sich auf die Autos. Verdammt, mir würde es auch nichts ausmachen, die Oldtimer zu sehen."

„Ihr könnt nicht beide auftauchen", sage ich genervt.

„Was? Ich bin ein Fan", sagt Dad.

Mom lächelt ihn an, bevor sie sich zu mir dreht. „Nur ich komme. Dann ist es nicht so peinlich."

Klar. Überhaupt nicht peinlich. Aber besser als ein Familienessen. Dad ist locker, aber er kann sein ernstes Cop-Gehabe rausholen, was ziemlich intensiv ist. Er war jahrelang Polizeichef in Clover Park.

Ich gebe nach. „Na gut. Solange ihr versteht, dass es eine Freundschaftssache ist.“

Sie tätschelt meinen Arm. „Natürlich, Schatz.“

Mom nimmt ihre Handtasche und den Mantel. Nach erreichtem Ziel geht sie, bevor ich es mir anders überlege. Dad sieht, dass sie bereit ist, und zieht seinen Mantel an.

„Bye.“ Ich umarme Mom, dann Dad.

Sie verabschieden sich von Sophie, die herüberrennt, sie umarmt und zurück zu ihrem Puzzle läuft.

Mom geht zuerst hinaus, kommt aber kurz zurück und hält mir eine Tüte vom Something's Brewing Café hin. „Auf der Quittung ist eine Nachricht.“

Hat Mason uns Gebäck gebracht? Ich drehe die Tüte um und lese: Entschuldigung! Deine neugierigen Nachbarn, M und H

Ich öffne die Tüte und finde zwei Schokoladendonuts. Das ist nett. Mackenzie und Harper wollten mich nur vor Masons Mutter warnen. Ich warne Mason nicht vor meiner Mom. Ich will nicht erklären müssen, warum sie ihn treffen will. Ich kann kaum glauben, dass Masons Mom hier auftauchen würde, selbst wenn sie resolut ist.

Dad geht zu Mom, Schlüssel in der Hand.

Mom sieht mich neugierig an. „Wofür entschuldigen sich deine Nachbarn?“

„Frag nicht.“

„Hab' ich doch.“

Dad legt einen Arm um Mom. „Lass ihr ein Geheimnis vor ihren Eltern.“ Er führt sie weg, während sie sich umdreht, um mich nochmal anzusehen.

Ich winke. „Bis bald! Hab' euch lieb!“

„Ich dich auch, May Bear.“

Ich unterdrücke ein Stöhnen und schließe die Tür. Dann spreche ich ein stilles Gebet, dass sie mich nicht May Bear vor Mason nennt. Und ich dachte, seine Familie wäre neugierig!

7

———

May

Als ich auf den Parkplatz von Exotic and Classic Restorations einbiege, fallen mir zwei Dinge auf: Samstags ist geschlossen, und Mason und Mom sind schon da. Sie ist früh dran! Hat sie ihm schon die Ohren vollgequatscht mit meinen Kindheitsstreichen? Ihm Babyfotos gezeigt? Bis Sophie geboren wurde, hatte Mom ein Foto von mir und Alice als Zweijährige als Handyhintergrund – nackt bis auf Windeln, mit Bikinioberteilen auf dem Kopf, um lustig zu sein. Nicht mehr so lustig, wenn die Windelphase vorbei ist.

Sobald ich parke, stürzt Sophie aus dem Auto. Ich nehme ihre Hand, schließe ab und eile zu Moms Wagen, in der Hoffnung, dass sie noch drin ist. Ihr vertrauter blonder Kopf taucht auf.

„Grandma!", ruft Sophie, reißt sich los und rennt zur Fahrertür.

Na, zumindest keine peinlichen Gespräche oder Fotos hinter meinem Rücken. Ich kann die Lage noch steuern.

Mom steigt aus, hebt Sophie hoch und umarmt sie. Sophie lehnt sich zurück. „Heute wird's toll!"

Mom lächelt und stellt sie ab. „Finde ich auch. Schauen wir uns um, während deine Mom Mason sagt, dass wir da sind."

„Okay!"

Die beiden schlendern über das Gelände, wo Oldtimer auf Reparaturen warten. Drei Garagenbuchten in der Werkstatt, je ein Auto. Ich schaue zu den Arbeitsplätzen, sehe Mason aber nicht.

Ich betätige die Klingel am Showroom-Eingang, wo Autos mit glänzendem Chrom und frischer Farbe strahlen. Hier verkaufen sie wohl die restaurierten Oldtimer. Ich kann mir die Autonamen nie merken, wahrscheinlich, weil ich so abgelenkt bin, wenn Mason über sie spricht.

Ich lege die Hände ans Glas, suche mein Lieblingsauto aus der letzten Staffel, ein silber-türkisfarbenes Cabrio. Grandma Maggie liebte Cabrios. Das verbindet uns, auch wenn ich nicht annähernd so abenteuerlustig bin. Vielleicht, wenn Sophie auf dem College ist, besorge ich mir ein Cabrio zum Cruisen.

Masons Gesicht taucht plötzlich nah auf der anderen Seite des Glases auf. Ich springe zurück, mein Herz rast. Wie hat er sich so anschleichen können?

Er öffnet die Tür und kommt schmunzelnd raus. „Erwischt."

„Hast du dich geduckt, um so plötzlich aufzutauchen?"

„Ich kam aus dem Flur, sah dich schauen und bin schnell gegangen, um dich zu überraschen. Kein Ducken. Du warst einfach total vertieft. Überlegst du, ein Auto zu kaufen?"

„Nein, danke. Ich brauche was Praktisches, Zuverlässiges wie meinen alten Honda." Ich senke die Stimme, als Mom und Sophie näherkommen. „Ähm, meine Mom wollte dich kennenlernen. Keine große Sache. Wahrscheinlich neugierig auf eine lokale Berühmtheit. Sie bleibt nicht lang."

„Ich hatte keine Ahnung, dass so viele Frauen die Show sehen", sagt er erstaunt. „Heute Morgen ist sogar ein Superfan aufgetaucht. Ich habe ihr gesagt, das geht nur auf Einladung und sie weggeschickt."

„Ein weiblicher Fan ist unangemeldet hier aufgekreuzt? Passiert das oft?"

„Nur bei ihr."

Ich starre ihn besorgt an. Das klingt nicht gut.

Objektiv ist er umwerfend, mit einem muskulösen Körper, den Frauen an sich gedrückt fühlen wollen. Vielleicht hofft diese Frau, sein Interesse durch Hartnäckigkeit zu wecken. Ich wette, sie ist schön. Mein Kiefer spannt sich. Ich wette, er hat Legionen von schönen Frauen, die alles täten, um mit ihm zusammen zu sein.

Ich bin *nicht* eifersüchtig.

„Hallo!", ruft Mom, als sie näherkommen.

Sophie rennt zu uns und strahlt Mason an. „Es ist wie im Fernsehen!"

„So ziemlich." Mason reicht Mom die Hand. „Mason Shaw, schön, Sie kennenzulernen."

„Liz O'Hare. Ich bin ein Fan Ihrer Show."

Sophies Kopf schnellt zu Mom. „Du hast gesagt, du hast sie nie gesehen!"

Mom lächelt schuldbewusst. „Du, Grandpa und deine Mom seid Fans, also bin ich durch euch auch einer."

„Oh", sagt Sophie.

Ich kann mir kaum verkneifen, die Augen zu verdrehen.

Mason lacht. „Okay, ich führe euch rum." Er öffnet eine Werkstattbucht, zeigt uns einen rosa Cadillac.

„Ein rosa Auto!", ruft Sophie.

Es *ist* wunderschön, glänzendes Rosa und Chrom. Ich spähe ins Fahrerfenster, bewundere das rosa Lederinnere mit weißen Zierleisten und die altmodischen Zifferblätter.

Mason beschreibt den Restaurierungsprozess, als wären wir in seiner Show.

„Wir haben sogar einen rosa Cadillac-Schlüsselanhänger gefunden, um die Kundin zu überraschen." Er nimmt ihn von der Theke. „Der Wagen ist fertig. Sie holt ihn Montag ab." Er geht zur nächsten Bucht und winkt uns mit.

Das nächste Auto ist auf einer Hebebühne, ohne Räder, die Seiten grau und rostig. Mason deutet darauf. „Chevy Corvette. Nicht schön, aber wir hauchen ihr neues Leben ein."

„Wird es rosa?", fragt Sophie.

„Kirschrot."

„Ich mag Kirschen."

Mason nickt. „Und hier ist ein Jaguar E-Type. Tolles Auto, aber ständig kaputt. Ersatzteile sind schwer zu kriegen."

Ich will es. Ein wunderschönes, himmelblaues Cabrio. Zu teuer, vor allem mit einer Tochter im College. Ich bin selbst in meinen Träumen praktisch.

Ich sehe ein orangefarbenes Schild an der Wand: Straßenbaumaschinen voraus. „Das Schild sehen wir immer in der Show."

Mason neigt den Kopf. „Ja. Wir filmen meistens hier. Alle drei Buchten müssen für Kamera und Crew leer geräumt werden. Die Autos kommen vorübergehend in eine Garage hinten." Er schaut uns an. „Fragen?"

„Kann ich im rosa Auto sitzen?", fragt Sophie.

Ich schüttle den Kopf. „Sophie, nein, das Auto gehört jemand anderem."

„Wie wäre es, wenn ich mit dir drin fahre?", fragt Mason. „Wenn das für deine Mom okay ist."

„Darf ich, Mom?"

„Solange du dich anschnallst."

Sie nickt, lächelt und rennt zum Wagen.

„Ihr seid auch eingeladen. Der Rücksitz ist geräumig", sagt Mason.

„Muss nicht", sage ich. „Danke!"

Mom nickt. „Ich bleibe bei May."

„Okay. Ich fahre nur einmal ums Gebäude", sagt Mason zu mir.

„Danke, dass du ihr den Wunsch erfüllst", sage ich.

Ein Mundwinkel hebt sich. „Schwer, einem Autofan was abzuschlagen."

Mason drückt einen Knopf, öffnet die Bucht. Sophie sitzt schon auf dem Beifahrersitz, schnallt sich an. Mason steigt ein, startet den Motor und fährt raus.

Sobald sie weg sind, sagt Mom: „Du hast nicht erwähnt, dass er so ein Frauenschwarm ist."

„Sag bitte nicht Frauenschwarm, Mom."

„Warum nicht?"

„Klingt komisch von dir."

„Aber es ist offensichtlich. Kein Wunder, dass du seine Autoshow magst."

Ich gehe raus, hoffe, sie sieht meine roten Wangen nicht. Sie folgt. Der rosa Cadillac fährt langsam ums Gebäude. Mason zeigt und redet, gibt Sophie eine Art Tour.

„Er kann gut mit ihr umgehen", sagt sie.

„Er ist nur höflich."

Sie sieht mich fragend an. „Wenn ich auf Sophie aufpassen soll, damit ihr ausgeht –"

Ich hebe die Hand. „So ist es nicht."

„Okay, okay. Obwohl ich nicht weiß, warum nicht."

„Ich bin nicht bereit, zu daten. Das eine Mal war eine Katastrophe. Ich nehme das als Zeichen, dass ich nicht für Beziehungen gemacht bin."

Sie sieht mich mitleidig an. „Rick hat die Messlatte hoch gelegt."

„Genau. Außerdem hab' ich zu viel um die Ohren, um noch was zu jonglieren."

Sie streicht mein Haar zurück. „Ich weiß, dass du viel zu tun hast, Schatz, und dass du Rick vermisst. Wir alle. Aber es gibt Menschen, die deine Last leichter machen, nicht schwerer."

Ich denke an Mason, der gratis Reparaturen gemacht und mir eine große Last genommen hat, sodass ich mich auf die schönen Dinge konzentrieren konnte – Zimmer dekorieren, Marketing-Ideen.

Der rosa Cadillac taucht wieder auf. Mason fährt rückwärts in die Bucht, steigt aus, wirft die Schlüssel auf die Theke.

Sophie springt raus. „Es fährt wie ein Boot! Es gleitet!"

Mason deutet auf den Showroom. „Wollt ihr rein?"

„Klar", sage ich. „Den sehen wir immer in der Sendung. Ihr müsst jedes gezeigte Auto verkaufen."

Er schmunzelt. „Tun wir. Beste Werbung, und sie zahlen uns für die Show."

„Guter Deal", sage ich.

Mason hält die Innentür von der Bucht zum Showroom offen. Sophie rennt durch, Mom und ich folgen langsamer.

Während Sophie von Auto zu Auto flitzt und in Fenster linst, nutzt Mom die Chance, Mason zu verhören. Gut, dass ich nicht hinter Sophie her bin. So kann ich das Gespräch lenken, bevor sie zu viel über mich erzählt.

Mom lächelt ruhig, dann zuckersüß: „Also, Mason, wo bist du aufgewachsen? Ich erinnere mich nicht, dich oder deine Familie hier gesehen zu haben."

„Hier in Eastman."

Sieh ihn an, bevor du zuschlägst.

„Hm, das erklärt es", sagt Mom. „Ich kenne die meisten Kinder aus dem Clover Park-Schulsystem. Wie ist dein Verhältnis zu deiner Mutter, hast du Schwestern, Vorstrafen?"

Whoa! Das geht zu weit. „Mom! Du kannst ihn nicht als Kriminellen bezeichnen!"

Mom beugt sich verschwörerisch zu Mason. „Mays Dad war Polizeichef, also besser, solche Dinge vorher zu wissen. Ich glaube an Läuterung."

Mason öffnet den Mund, aber nichts kommt raus.

Töte mich jetzt. Seit wann wäre Mom cool mit einem Ex-Kriminellen? Ist sie so versessen darauf, dass ich jemanden finde? Ich wette, weil Alice und Charlie glücklich sind, immer lachen und über ihre Reiseabenteuer reden. Nicht, dass ich neidisch bin. Es ist ein unfairer Vergleich.

„Dad ist im Ruhestand", sage ich zu Mason.

„Du hast meine Fragen nicht beantwortet", sagt Mom zu Mason.

„Du musst nicht", sage ich.

Mason nickt mir zu, dann zu Mom: „Meine Mutter ist klasse, total tough, keine Schwestern, aber drei Brüder, und nein, keine Vorstrafen."

Mom klatscht, als wäre er die Antwort auf ihre Gebete. „Großartige Neuigkeiten, Mason! Dass du keine Schwestern hast, nehme ich dir nicht übel."

„Danke?", sagt er unsicher.

Mom glaubt, Männer mit Schwestern verstehen Frauen besser. Dad wuchs mit zwei Brüdern auf. Sie sagt, er hatte eine Lernkurve. Ha!

Mom lächelt mich an. „Ich lasse euch jetzt allein." Zu Mason: „War so schön, dich kennenzulernen."

„Finde ich auch."

Sie geht. Er starrt aus dem Schaufenster, wirkt benommen.

„Sorry", sage ich. „Peinlich, wenn sich die Familie einmischt. Schätze, das kennst du, bei deinen Cousinen."

Er neigt den Kopf. „Welche Cousinen?"

„Mackenzie und Harper. Sie waren neulich bei mir, um mich vor deiner Mom zu warnen."

Ein weiterer Grund, nichts mit Mason anzufangen. Wenn es nicht klappt, sitze ich gegenüber seiner neugierigen Familie fest, die mir vielleicht die Schuld gibt. Mein Zuhause ist mein Geschäft, und Nachbarschaftsprobleme brauche ich nicht.

Er starrt mich ausdruckslos an. „Mich vor meiner Mom warnen? Warum?"

„Ich habe zu viel gesagt. Das ist neu für dich, frag deine Cousinen."

„Oh, das werde ich." Er klingt wütend.

Ich versuche, die Stimmung aufzulockern. „Schätze, du hast gemerkt, dass Mom etwas sonderbar ist. Meine Groß-mutter Maggie war es auch, aber sie sind nicht verwandt. Das gibt's also auf beiden Seiten meiner Familie. Ich musste sonderbar werden."

Er beugt sich vor. „Wie bist du sonderbar?"

Mein Atem stockt. Ich wedle mit der Hand. „Weißt du, weil ich einen gut bezahlten Job gekündigt habe, um ein Inn zu eröffnen. Versteh mich nicht falsch, ich habe die Zahlen durchgerechnet, habe Ersparnisse, um uns eine Weile über Wasser zu halten. Aber die meisten in meiner Firma würden nie was so Abweichendes tun, wie ein Inn zu eröffnen. Sie sind Finanzleute, die die Karriereleiter hochklettern."

„Das ist nicht sonderbar. Das heißt, deinem Traum folgen."

Ich reibe meinen Hals. „Und ich rede laut mit mir selbst, vergesse manchmal, aufzuhören, wenn ich in der Öffentlichkeit bin."

Er schmunzelt. „Tust du? Wo zum Beispiel?"

„Supermarkt, Sophies Schule, im Inn."

„Aber das Inn ist dein Zuhause."

„Ich vergesse manchmal vor den Handwerkern, dass ich mit mir rede."

Er wirkt fasziniert. „Was noch?"

„Bei mir müssen Etiketten nach vorn zeigen – Dosen, Flaschen, alles. Alles muss aufgereiht und hübsch sein."

„Hübsch?"

Ich wärme mich fürs Thema. „Und meine Gewürze sind alphabetisch geordnet. Obwohl, das liegt an Mom, die superordentlich ist. Als Kind schien das einfach normal."

„Unser Haus war chaotisch und laut. Ich hätte dein Haus lieber gemocht, dann hätte ich meine Gedanken hören können."

Ich lache. „Still war es nicht. Alice und ich waren energiegeladene Kinder wie Sophie. Warte! Wo ist Sophie?"

Ich sehe mich im Showroom um, finde ihren dunklen Kopf nicht. Mein Herz rast, während ich zwischen Autos suche. Vielleicht liegt sie auf einem Rücksitz. „Sophie? Wo bist du?"

Mason sucht auf der anderen Seite.

Sieben Autos. Keine Sophie.

Ich renne durch die Vordertür, halte kurz an. „O Gott!"

„Hast du …" Mason bricht ab.

Sophie fährt im rosa Cadillac vorbei. Sie steht, hält das Lenkrad, viel zu schnell Richtung Parkplatz.

Ich renne hinterher, wedle mit den Armen. Hinter dem Grundstück ist ein Feld, eine Straße auf der anderen Seite. Bitte nicht abbiegen.

„Sophie!", schreie ich. „Tritt auf die Bremse! Das andere Pedal!"

Das Fahrerfenster ist offen, sie hört mich. Das Auto hält ruckartig, fährt wieder vorwärts, biegt auf die Straße.

Mein Herz sitzt in der Kehle. „Sophie! Stopp! Stopp!"

Aus den Augenwinkeln sehe ich Mason an mir vorbeisprinten. Er springt auf der Beifahrerseite rein, packt das Rad, lenkt von der Straße weg. Sie verlangsamen, beschleunigen wieder. Greift Sophie ein? Mit quietschenden Reifen drehen sie einen Kreis, kommen ein paar Meter weiter langsam zum Halt.

Ich lege eine Hand auf mein hämmerndes Herz. Ich habe zehn Jahre meines Lebens verloren.

Was zum Teufel hat sie sich gedacht? Sie hätte schwer verletzt werden können. Sie hatte keinen Gurt, stand ja am Steuer. Und sie hat ein Auto gestohlen!

Weiß sie, wie sehr sie mich erschreckt hat?

Auf wackligen Beinen gehe ich hinüber, das Adrenalin ebbt ab. Ich bin ihre Mom. Es ist mein Job, sie zu schützen. Ich war von Mason abgelenkt, hab sie nicht im Auge behalten. Schuldgefühle überfluten mich. Sie ist fünf! Man muss auf sie aufpassen. Noch ein Grund, nichts mit Mason anzufangen. Ich kann es mir nicht leisten, von meiner Hauptverantwortung abgelenkt zu werden.

Zeit für eine Standpauke. Ich bereite mich vor, während ich hin marschiere.

Am Auto spricht Mason fest mit Sophie über Sicherheit, wie wichtig es für ihre Mom, Grandma und alle, die sie lieben, ist, dass sie sicher ist.

„Wie du?", fragt Sophie.

„Ähm, klar. Also machst du das nie wieder, richtig? Nicht, bis du alt genug bist, um zu fahren."

Wie kann er so ruhig sein? Ich gehe weiter, versuche, meinen Atem zu stabilisieren. Meine Hände zittern, meine Beine sind wie Gelee.

Mason sieht mich. „Hey. Ich habe ihr von Sicherheit und Führerschein erzählt."

Mein Herz öffnet sich kurz für sein sanftes, ruhiges Verhalten in der Krise. Dann sehe ich meine Tochter und drehe durch. Sie hätte sterben können! „Sophie, aus dem

Wagen! Wir gehen, und wir reden ernsthaft darüber! Ein Monat kein Fernsehen!"

Sie rutscht mit hängenden Schultern raus.

„Sophie, entschuldige dich bei Mason, dass du das Auto seiner Kundin genommen hast."

„Tut mir leid", sagt sie leise.

„Ich vergebe dir, solange du bei Hornbow schwörst, das nie wieder zu tun."

Sie nickt feierlich. „Ich schwöre bei Hornbow."

„Steig ein", sage ich, zeige auf unser Auto. „Ich bin gleich da." Es ist nah. Ich sehe zu, wie sie einsteigt, bevor ich mich Mason zuwende.

„Es tut mir so leid. Ich zahle für den Schaden."

Er steckt die Schlüssel ein. „Nein, ist okay. Ich poliere ihn, dann ist er bereit für die Abholung." Er mustert mich. „Du zitterst. Komm her."

Er öffnet die Arme, und ich zögere nicht, trete in seine Umarmung, erwidere sie fest. Seine starken Arme beruhigen meine Welt.

Nach einem langen Moment löse ich mich, wische mir die Augen. „Danke!"

„Gern."

Unsere Blicke halten einander mit einer Intensität, die mir sagt, dass ich nicht länger ignorieren kann, was ich für ihn empfinde. Ich möchte mehr Zeit mit diesem Mann. „Willst du heute Abend mit mir essen, nur wir zwei?"

Seine Stimme ist rau. „Sehr gern. Diesmal mache ich. Komm zu mir."

„Toll", sage ich.

„Toll", sagt er.

Wir stehen da, lächeln uns an. Ein Schwall Zuneigung durchfährt mich, ich umarme ihn spontan nochmal.

Als ich mich löse, drückt er sanft meine Hände. „Sieben, okay?"

„Sieben ist perfekt!"

Ich gehe benommen zu meinem Wagen.

Sophie taucht vom Rücksitz auf. „Ich hab' gesehen, wie du Mason umarmt hast!"

„Ja. Wir treffen uns heute Abend zu einem Erwachsenenessen."

„Was ist ein Erwachsenenessen?"

Ich fahre vom Parkplatz. „Man spricht nur über langweilige Erwachsenensachen und isst viel Gemüse."

„Oh. Dann will ich nicht erwachsen werden."

Ich sehe sie im Rückspiegel an. „Du hast noch viel Zeit."

„Ich weiß alles über Babys machen", sagt sie nüchtern, macht mich sprachlos. Ich schwöre, ihretwegen werde ich noch früh grau.

„Hmm … na, wir haben viel zu besprechen, angefangen damit, dass du nie ein Auto fahren darfst. Du hättest schwer verletzt werden können!"

„Tut mir leid, Mommy."

„Und ich hatte richtig Angst. Ich weiß nicht, was ich tun würde, wenn dir was passiert. Versprich, dass du so was nie wieder machst."

„Versprochen. Ich hab' dich lieb, Mommy."

Ich atme aus. „Ich hab' dich auch lieb."

Ich schalte ihre Lieblingskindermusik ein, starre mit großen Augen aus dem Fenster. Über Sex sprechen. Nicht, was ich auf dem Heimweg erwartet habe. Das braucht sorgfältiges Nachdenken. Und Nerven aus Stahl.

„Ich will eine kleine Schwester", sagt sie.

Das wird eine lange Fahrt.

„Lass uns das Schweigespiel spielen." Mein Trick, um sie dazu zu bringen, still zu sein. Sie ist besser darin geworden.

Ich entspanne mich etwas. Heute Abend gibt's etwas, worauf ich mich freue – Essen mit Mason, nur wir zwei bei ihm. Bin ich bereit für diesen Schritt? Kann ich meine Hemmungen loslassen und den schönsten, sexy Mann genießen, von dem ich seit seiner Show fantasiere?

Aber will ich die Fantasie oder den Mann?

Erwäge ich wirklich eine Affäre nur zum Spaß? Mein Herz rast bei dem Gedanken. Aufregender, wilder, unbeschwerter

Spaß. So gar nicht meine Art, aber praktisch gesehen scheint es der sicherste Weg. Keine Komplikationen, keine verletzten Gefühle.

Das Problem ist, ich bin mir nicht sicher, ob es bei Mason einen sicheren Weg gibt.

8

Mason

Ich habe das Geschenk-Trio bereit – Wein, Blumen, Schokolade. Mein Puls rast. Nur wir zwei in meinem Haus. Was bedeutet das für sie? Ein Date oder Gelegenheitssex? Sie sagte, sie datet nicht, also könnte es eine Weile her sein, und …

Es klingelt, gefolgt vom Ofen-Timer. „Ich komme!", rufe ich, ziehe Ofenhandschuhe an und hole die Enchiladas raus. Das ist eins von zwei Abendessen, die ich gut genug hinbekomme, um sie einer Frau zu servieren. Das andere ist Lasagne, aber die mache ich selten, weil es so aufwendig ist, und ich bin meist zu hungrig, um so lange zu warten. May verdient das Beste, was ich bieten kann.

Es klingelt wieder. Mist! Sie hat mich nicht gehört. Ich renne zur Tür, reiße sie auf. „Sorry, musste das Essen aus dem Ofen holen. Warte da!"

Ich sprinte ins Esszimmer, schnappe Blumen und Schokolade. Der Wein kann bis zum Essen warten.

May tritt ein, in einem engen blauen Kleid, das ihre sexy Kurven umschmiegt. Ihr Haar fällt in einer seidigen Kaskade karamellbraun herab. Mein Mund wird trocken. Ich stehe da, starre, halte nur meine Geschenke.

Sie lacht leise. „Ist das für mich?"

„Den Wein teilen wir. Ist im Esszimmer." Ich reiche ihr Blumen und Schokolade. „Ja, das ist für dich."

„Danke, Mason. Das ist echt nett."

„Klar. Setz dich ins Esszimmer."

Sie sieht sich um. Mein zweistöckiges Haus im Kolonialstil in Eastman habe ich mit *Hot Finds*-Geld gekauft. Viel Deko gibt's nicht – braune Ledermöbel, hölzerner Couchtisch. Hochglanzbilder von Oldtimern hängen in schwarzen Rahmen an der Wand.

Sie deutet auf die Fotos. „Alle von *Hot Finds*?"

„Einige. Andere sind Kundenautos, die wir restauriert haben, oder Traumautos."

„Ich hätte gern mal ein Cabrio."

„Ja, welches?"

„Himmelblau wie der Jaguar in deiner Bucht."

Ich pfeife. „Teuer."

Sie winkt ab. „Nur eine Fantasie."

Ich stehe einen Moment wie betäubt von ihrer Schönheit. „Ich hole das Essen."

„Ich helfe dir."

„Du bist mein Gast."

Sie folgt mir in die Küche – eine Katastrophenzone mit Saucenspritzern, Käseresten, schmutzigem Geschirr.

Ich breite die Arme aus. „Das solltest du nicht sehen. Geh ins Esszimmer, tu so, als wär das Essen magisch auf dem Tisch gelandet."

Sie lacht, ihre Hand berührt meinen Arm. Gutes Zeichen.

Ich bringe alles ins Esszimmer. Der Tisch ist für zwei gedeckt, mit Weingläsern.

May lächelt, mein Herz schlägt fester. „Die Blumen sind schön. So fröhlich."

Ich deute vage ins Wohnzimmer. „Waren die besten im Laden, außer roten Rosen, aber die schienen nicht passend." Ich mustere sie. „Oder vielleicht doch?"

Ihre Wangen röten sich. Sie greift in ihre Handtasche, zieht einen kleinen Umschlag raus. „Bevor ich's vergesse: Sophie wollte, dass ich dir das gebe."

Ich öffne ihn. Eine Einladung zu ihrem sechsten Geburtstag.

Ich blicke auf. „Das ist morgen."

May seufzt. „Sie fand es unfair, dass sie nicht zum Essen durfte, und wollte dich zu ihrer Party einladen, um dich zu sehen. Ich sage ihr, dass du beschäftigt bist."

Eine Kinderparty ist eine große Sache, wie ein Feiertag. May hätte die Einladung nicht zulassen müssen. Heißt das, sie will mich in ihrem Leben? Eine Beziehung? Ich mag sie sehr, denke viel zu oft an sie, aber bin ich bereit für die Komplikation mit einem Kind?

Ich lege die Einladung beiseite, damit kein Essen draufkommt. Ich brauche Zeit zum Nachdenken, hole Wein und Korkenzieher, öffne die Flasche. Ich schenke Rotwein ein, serviere die Enchiladas. Salat gibt's auch, für sie.

Sie lächelt. „Danke! Sieht köstlich aus!" Sie wedelt den Dampf von der Enchilada. „Ich fange mit dem Salat an."

Ich nippe am Wein. Ich muss May eine Antwort für die Party geben, sie ist morgen. So viel Druck wegen einer Einladung! Bin ich dabei oder nicht? Dads Warnung, dass ich bereit sein muss, um Mom oder Tochter nicht zu verletzen, geht mir durch den Kopf. Ich wünschte, es wäre nicht so kompliziert. May ist die erste Frau seit Langem, bei der es wirklich Klick macht. Ich starre auf die Einladung, als hätte sie die Antwort.

„Mach dir keine Sorgen wegen der Party", sagt May. „Das wäre furchtbar für dich. Stell dir zwölf laute sechsjährige Mädchen auf Zuckerhoch vor, die in meinem Haus rumrennen. Sie spielen Twinkle Fairies, Schwanz ans Einhorn heften, und ich habe eine Karaoke-Maschine organisiert. Es wird laut, du verlierst wahrscheinlich etwas Gehör von dem schrillen Quietschen und Schreien, und ehrlich, sie wird so mit ihren Freundinnen beschäftigt sein, dass sie nicht merkt, ob du da bist. Keine große Sache. Wirklich."

Jetzt fühlt es sich an, als wollte May mich nicht dort. Heißt das, sie will mich nicht in ihrem Leben?

„Wäre ich der einzige Erwachsene?", frage ich.

„Meine Mom und Alice sind da, um für Ordnung zu sorgen. Zumindest, bis Alice Migräne bekommt. Sie hält den Lärm von Kindern nicht lange aus. Also, siehst du, wir sind versorgt." Sie sticht ein Stück Enchilada auf.

Ich schneide mein Stück ab. „Willst du nicht, dass ich komme?"

May lächelt süß. „Ich will, was du willst. Kein Druck."

Ich entspanne mich. Nur eine Party. Muss nichts Festes bedeuten. Wir können's langsam angehen, sehen, wohin es führt. Richtig? Muss nicht so kompliziert sein, wie ich denke.

Unsere Blicke treffen sich. Ihre Lippen öffnen sich.

Lust schießt durch mich. Meine Stimme klingt heiser. „Okay, wenn ich komme?"

„Ja", sagt sie seufzend, zieht mich zu sich, küsst mich. Ihre Lippen sind weich, nachgiebig. Ich vertiefe den Kuss, schiebe eine Hand in ihr Haar, liebe, wie sie sich anfühlt. Plötzlich übernimmt May, heiß und fordernd, und ich bin sofort steinhart. Ich schiebe die Hände an ihre Seiten, will sie auf meinen Schoß ziehen, als sie abbricht.

Betäubt vom Verlust starre ich sie an.

Sie lächelt verkrampft. „Ich will nicht, dass das Essen kalt wird."

Folge ihr.

Aber ich bin so aufgeheizt.

Was war das?

Ich trinke einen Schluck Wein, sie auch. Gott, ich will sie. Nie habe ich jemanden so sehr gewollt. Von einem Kuss!

„May?"

„Ja?"

„Ist das ein Date, oder eher Gelegenheits-" Ich beiße mir auf die Zunge, um nicht Sex zu sagen, deute stattdessen an meinem Körper entlang.

Sie lacht, schneidet ein Stück Enchilada ab, steckt es in den Mund.

Das ist keine Antwort.

∼

May

Er hat mich geküsst! Oder ich ihn. Ich weiß nicht, wer sich zuerst bewegt hat, aber wow! Ein Schock der Erregung traf mich bei der ersten Berührung, dann wollte ich nur noch auf ihn klettern und ihn verschlingen. Das hat mich erschreckt, also hab ich gebremst. Ich bin nicht der Typ, der ins Schlafzimmer stürzt.

Ich sehe ihn an, als wir fertig essen. Er hat von seiner großen, lauten Familie erzählt. Ich dachte, meine Familie hält den Rekord für die verrücktesten Leute. Seine Mom ging als Darth Vader zum Abschlussball, sein Onkel Josh und Tante Hailey führten einen Hassliebe-Krieg, über den man noch redet, und er und seine Brüder hätten sich als Kinder fast umgebracht, „alles nur zum Spaß", beim Ringen und Walderkunden. Ich erschaudere bei dem Gedanken, vier wilde Jungs zu managen. Ein Mädchen ist schon anstrengend.

Er legt die Gabel ab. „Nachtisch?"

Mein Atem stockt, seine dunklen Augen mustern mich. Meint er Sex?

Sein Blick fällt auf meine Lippen, und ich will, dass er mich wieder küsst.

„Ja." Meine Stimme klingt kehlig.

Er steht auf, ich starre auf seine breite Brust. Mein Puls rast. Denkt er auch, das ist Gelegenheitssex? Ich habe nicht geantwortet, als er „Date" oder „Gelegenheit" sagte, aber ich kann mich nicht ernsthaft auf einen anderen Mann einlassen. Rick war meine erste und letzte Liebe. So ist es sicherer.

Er geht an mir vorbei in den anderen Raum. Soll ich folgen? Ich glätte mein Haar, werfe ein Minzbonbon für meinen Atem ein.

Er kommt mit der Schachtel Schokolade von Shane's Sweets zurück, die er mir gegeben hat. Ah! Er meinte echten Nachtisch. Ich sehne mich nach ihm, nicht nach Dessert. Ich muss es ihn wissen lassen. Richtig? Sophie übernachtet bei Alice. Jetzt ist die perfekte Zeit.

Er öffnet die Schachtel, stellt sie vor mich. „Du zuerst."

Ich kneife die Augen zusammen. „Danke!" Ich wähle eine

Schokolade, die nach Kirsche aussieht. Ich schiebe sie in den Mund, reiche Schokoladenganache mit einem Hauch Kirsche bringt pure Glückseligkeit. „Mmm!"

Er starrt auf meinen Mund. Ich lecke die Lippen. Er greift in die Schachtel, wählt eine, füttert mich damit. Ich glühe, genieße die Schokolade, während köstliche Vorfreude durch mich strömt. Doch dann runzelt er die Stirn, wirkt nachdenklich. Sein ernster Blick sagt, er will ein Gentleman sein und gute Nacht sagen. Ich verliere meine Chance! Ich muss handeln!

Ich stehe abrupt auf. „Gehen wir nach oben?"

Er schweigt.

Toll. Endlich mache ich einen ersten Schritt, und er steht nicht auf mich. So verdammt peinlich. Setze ich mich oder renne ich raus? Kein Zurücknehmen. Ein unerwidertes *Ich will dich.*

Endlich spricht er. „Ich will dich auch, aber bist du sicher?"

Er macht sich Sorgen, dass Verpflichtungen kommen. Aber ich kann das mit dem Gelegenheitssex. Ich wollte ihn, seit ich ihn in der Show sah. Ihn live zu treffen, hat die Anziehung auf ein neues Level gehoben.

„Muss nichts bedeuten", sage ich lächelnd.

Er nimmt meine Hand, sein Daumen streicht über die Innenseite meines Handgelenks. Die empfindliche Haut prickelt.

Er steht auf, seine Augen heiß auf meinen, kommt näher. Mein Herz schlägt schneller. Er legt einen Arm um meine Taille, zieht mich an sich. Mein Körper wird weich, als er sich gegen mich presst.

Seine warme Hand umschließt meinen Nacken. Ein Schauer rast meinen Rücken hinab. Er spricht nah an meinem Ohr, sein Atem heiß auf meiner Haut. „Also Gelegenheitssex?"

Das Wort *Sex* aus seinem Mund schießt durch mich. Ich poche. „Gott, ja."

Er küsst mich dringend, entfacht ein Feuer der Begierde.

Ich packe seine Schultern, während er meinen Po packt, mich auf Zehenspitzen gegen sich hebt. Sein hartes Verlangen drückt genau da, wo ich es brauche, lässt mich loslassen. Ich verliere mich im Gefühl, wie sein Mund meinen beansprucht. Der Kuss geht weiter, verzehrt mich, macht mir Schmerzen. Ich hebe ein Bein, schlinge es um seines. Ich brauche mehr. Viel mehr.

Er bricht den Kuss ab, nimmt meine Hand, seine Stimme rau. „Sei sicher, May. Diese Grenze können wir nicht zurücknehmen."

Danach sehe ich ihn wahrscheinlich nie wieder, also spielt's keine Rolle.

„Lass uns heute alle Grenzen überschreiten", sage ich.

Mit einem Knurren hebt er mich hoch, trägt mich nach oben. Besser als jede Fantasie über ihn.

Ich lasse mein Kleid auf den Boden fallen, trage nur noch einen blauen Spitzen-BH mit passendem Höschen. Oh ja, ich war vorbereitet, schwankte zwischen Enthusiasmus und Vernunft die zwei Stunden, die ich brauchte, um mich fertig zu machen.

Sein Blick wandert über mich, bevor er näherkommt, mein Gesicht in seine warmen Hände nimmt. „May, du bist so schön!"

Ich bin nicht perfekt. Ich hatte ein Baby, trainiere nicht viel, aber jetzt fühle ich mich schön. „Danke!"

Er sieht mir in die Augen. „Ich danke *dir*!" Seine Lippen treffen meine, bewegen sich sanft in eine Richtung, dann die andere, bevor sie sich niederlassen. Ich seufze fast, so köstlich ist das Gefühl. Ein langer Kuss folgt dem nächsten, während sich Lust zwischen meinen Beinen sammelt.

Ich drücke fester gegen ihn, brauche mehr. Er knabbert an meiner Unterlippe, überrascht mich. Dann beansprucht er meinen Mund, seine Hände streicheln über meinen Körper – Schultern, Rücken, Becken. Er hält meine Hüften, seine

Daumen streicheln in weiten Bögen, machen mich verrückt, lassen mich gegen ihn schaukeln. Er packt meinen Po, presst mich an sich, genau wo ich ihn brauche.

Ich zerre an seinem Hemd. „Zieh das aus!"

Er gehorcht schnell, während ich BH und Höschen von mir werfe. Dann ist er auf mir, Arme um mich, küsst mich, führt mich rückwärts zum Bett. Meine Knie stoßen an die Matratze. Er zieht die Decke zurück, hebt mich mühelos in die Bettmitte.

Ich spreize die Beine, erinnere mich spät an Schutz. „Kondom."

„Noch nicht." Er küsst mich, legt sich neben mich, seine Hand fährt meine Seite hinauf, liebkost endlich meine Brust. Sein Daumen streichelt meinen Nippel, ich stöhne in seinen Mund. Er bricht den Kuss, senkt sich, kostet meine harte Brustwarze, saugt daran. Ich fädele Finger durch sein Haar, verloren in der Empfindung. Er streichelt die andere Brust, wechselt, gibt ihr dieselbe Behandlung.

Ich greife nach ihm, er schiebt meine Hand weg.

Seine Stimme ist roh. „Du zuerst." Sein Mund bedeckt meinen, seine Hand gleitet meinen Körper hinab, direkt zum Zentrum der Lust. Als er mich berührt, neigen sich meine Hüften. *Oh ja!* Seine Finger sind magisch. Ich will nicht wissen, warum er so gut ist. Meine Hüften schaukeln zu seinem Rhythmus, Spannung ballt sich in mir.

Er bricht den Kuss, blickt heiß auf mich, streichelt schneller. Mein Atem geht heftiger, die Intensität steigt, trägt mich höher. Sein Mund streift meine Halssehnen, beißt hart genug, um mich zu überraschen. Mein Körper wölbt sich, er schiebt mich über die Kante in einer Explosion der Lust. Er bleibt bei mir, streichelt sanft, führt mich durch Wellen der Lust, bis ich ausgelaugt bin.

Ich lächle verträumt, greife nach ihm.

Er schmunzelt, rollt ein Kondom über, kommt zu mir, dringt langsam ein, füllt mich. Es fühlt sich so gut an, so richtig! Ich schlinge die Beine um ihn, küsse ihn leidenschaftlich. Das löst einen wilden Ritt aus, er schaukelt mit tiefen, harten Stößen in mich. Die Lust steigt wieder, intensiver. Weißglühend bei jedem Stoß. Ich zittere, breche, schaukele hilflos, als er mich über die Kante bringt, weiter in mich pumpt. Meine Nägel graben sich in seine Schultern, die Lust so intensiv, dass sie mich überwältigt. Mit heiserem Laut lässt er los, pumpt in mich, erschüttert mich mit Nachbeben.

Er hält inne, hält mich fest, während wir nach Atem ringen. Er hebt den Kopf, küsst mich zart, rollt sich auf den Rücken.

Ich starre an die Decke, atemlos, benommen. „Wow!"

„Ja, wow."

Mason rollt aus dem Bett, geht ins Bad. Schätze, jetzt soll ich mich anziehen und gehen. So läuft Gelegenheitssex, oder?

Er kommt zurück, zieht Boxershorts an.

Ich weiß nicht, was man nach Gelegenheitssex sagt, habe das noch nie gemacht. Ich versuche es mit Manieren. „Danke!"

Er klettert ins Bett, schmunzelt. „Danke?"

„Ich meine, das war fantastisch."

Er stützt sich auf einen Ellbogen und sieht auf mich herab. Seine dunkelbraunen Augen scheinen all meine verletzlichen Stellen zu sehen. Er streicht mein Haar zurück, sein Finger zieht über meine Wange bis unter mein Ohr. „Was hat dich umgestimmt, mehr als Freunde zu wollen?"

Er ist wunderschön, sexy, nett, großzügig, süß. Das kitschige Zeug kann ich nicht sagen. Das soll ungezwungen sein.

„Du gibst mir ein gutes Gefühl."

Er lächelt. „Du mir auch."

Ich stütze mich auf die Ellbogen, sammle Energie, um aufzustehen. „Ich geh jetzt. Heute war genau, was ich brauchte."

Er lächelt. „Ein Wahnsinns-Date."

Ich setze mich auf, er überrascht mich, legt eine Hand an meinen Nacken, küsst meinen Kiefer bis zum Ohr. „Kein zweites Date? Wir können gleich neu anfangen." Seine Hand gleitet zu meinem inneren Oberschenkel, jedes Nervenende erwacht.

„Noch ein Abendessen?", frage ich frech.

Er zieht mich unter sich, und ich verliere mich in langen, sinnlichen Küssen von einem Mann, der sich Zeit nimmt.

9

___

Mason

Jemand rüttelt an meiner Schulter. Ich liege auf dem Bauch, ausgebreitet, Gesicht im Kissen, das nach Vanille riecht. Jetzt zerrt jemand an mir. Ich schüttle ihn ab. Noch fünf Minuten.

„Mason, wach auf! Wir haben verschlafen, und jemand ist an der Tür."

Ich drehe den Kopf, öffne ein Auge. *May.* Ich lächle.

Letzte Nacht.

Unglaublich.

Ich greife nach ihr, aber sie schiebt mich weg. „Geh an die Tür. Ich muss vor Sophie zu Hause sein und ihre Party vorbereiten."

Wieder klingelt es, gefolgt von dringendem Klopfen. Ich checke die Uhr auf dem Nachttisch. 8:15, Sonntagmorgen. Niemand, den ich kenne, würde jetzt aufkreuzen, außer bei einem Notfall. Adrenalin schießt durch mich. Ich ziehe die Jeans von gestern an, werfe ein T-Shirt darüber.

May ist fertig angezogen. Ich will mich verabschieden, aber erst muss ich sehen, wer an der Tür ist. Bitte kein Todesfall!

Ich reiße die Tür auf und finde meinen Superfan Evie. Jung, blond, verdammt hartnäckig. Ich hatte schon den

Verdacht, dass sie mir von zu Hause zur Pizzeria gefolgt war, als sie die Nachricht an meinem Truck hinterlassen hatte. Verdammt, ich hätte das Kontaktverbot beantragen sollen. „Evie, du solltest nicht hier sein."

„Du hast nicht angerufen. Ich sagte, es ist wichtig."

May taucht neben mir auf, starrt Evie an. „Entschuldigung."

„Warte eine Minute", sage ich zu ihr.

Evie streckt May die Hand hin. „Ich bin Evie. Hat Mason dir von mir erzählt?"

May sieht mich fragend an.

„Sie ist ein Fan der Show. Hab sie einmal im Happy Endings getroffen."

„Er vergisst den wichtigen Teil", sagt Evie selbstgefällig. „Wir haben Tequila getrunken, dann in seinem Truck rumgemacht. Mason, ich bin schwanger, und du bist der Vater."

Ich stoße die Luft aus. „Ich war nicht betrunken. Du hattest Tequila, ich ein Bier. Und wir haben *nicht* rumgemacht."

„Ich kann nicht glauben, dass du dich nicht erinnerst!", schreit sie. „Mit wie vielen Frauen schläfst du in einer Nacht?"

May legt eine Hand auf meinen Arm. „Das scheint privat. Ich muss nach Hause."

„May, sie ist nur ein verrückter Fan", sage ich. „Ich kenne sie kaum."

Sie zuckt zurück. „Schäm dich. Du schuldest Evie zumindest ein Gespräch."

„Ja!", sagt Evie. „Schäm dich. Ich bin sicher, es ist ein Junge, ich nenne ihn Mason."

May stürmt aus der Tür.

„Ich sehe dich bei Sophies Party!", rufe ich ihrem Rücken nach.

„Mach dir keine Mühe!", ruft sie.

Ich will schreien, dass ich mich nicht betrunken mit Fremden einlasse, aber meine ältere Nachbarin kommt im

Bademantel raus, holt ihre Sonntagszeitung. Ich winke, sie winkt zurück.

Wie kann May das von mir denken? Ich habe sie gut behandelt – Essen, Blumen, alles. Und gestern hab ich dafür gesorgt, dass sie nicht zu kurz kam. Zweimal.

Ich fixiere Evie hart. „Na schön. Ich mache einen Vaterschaftstest." *Obwohl ich nie mit dir geschlafen habe.*

Sie wedelt mit der Hand. „Nicht nötig. Ich weiß, dass du's warst."

May knallt die Autotür zu, fährt los.

„Sie scheint sauer", sagt Evie.

„Meinst du?"

May

Das war ein Date! Eine schwangere Frau taucht auf, und Mason will sie einfach loswerden. Wer macht das? Er ist nicht der Mann, für den ich ihn gehalten habe. Ich wische eine Träne weg. Er verdient meine Tränen nicht. Das sollte zwanglos sein. Es sollte mir nicht so viel ausmachen.

Ich schaue zur Decke, blinzele Tränen weg, fange an, wie verrückt zu putzen. Das Haus muss für eine Party in unter drei Stunden bereit sein.

Mein Handy klingelt. Wieder Mason. Ich lasse es auf die Mailbox gehen. Nichts zu besprechen. Wir hatten eine Nacht tollen Sex. Das war's.

Ich sammle alte Zeitschriften und Schulzeitungen vom Beistelltisch, schiebe sie in die Schublade. Sie schließt nicht sofort. Ich stoße sie zu. Was soll's, dass gestern phänomenal war? Er war süß, aufmerksam, großzügig – im Bett und außerhalb. Blumen, Schokolade, Wein. Meine drei Lieblingsdinge. Toller Sex, tolle Gesellschaft, tolles Essen. Ich fing an zu denken, wir könnten uns wieder zwanglos treffen.

Ich drehe mich um, richte die Sofakissen. Ich schlage eines. Dann taucht diese schwangere Frau auf, und ihm ist's egal!

Wie konnte ich mich so in ihm täuschen? Warum kümmert's mich so? Wir hatten keine Zukunft.

Ich brauche Kaffee. Hab letzte Nacht kaum geschlafen. Mein Körper glüht bei der Erinnerung. Nein, das ist vorbei.

Ich kippe eine Tasse Kaffee runter, hole den Staubsauger. Eine Nachricht pingt. Mason: *Können wir reden?*

Ich ignoriere sie. Heute Morgen sah ich seine wahre Seite. Das macht es einfacher, ihn loszulassen.

Sophie kommt heim, geht direkt in ihr Zimmer, ihr Geburtstagsoutfit aussuchen. Ich gieße eine zweite Tasse Kaffee ein, kippe sie runter, mache weiter.

Das Haus ist sauber, für Sophies Party dekoriert. Fertig. Ich lasse mich aufs Sofa fallen.

Sophie rennt runter, setzt sich zu mir. „Danke, Mommy. Das sieht so hübsch aus!"

Ich ziehe sie an mich, küsse ihren Kopf. „Gern geschehen." Ich habe rosa und lila Luftschlangen verteilt, dazu rosa, lila, weiße Ballons, selbst aufgeblasen. Hätte die vorgefüllten im Partyladen nehmen sollen. Wenigstens hat das tiefe Atmen beruhigt.

Es klingelt, ich setze ein Lächeln auf, bereit für die Gäste.

Sophie schaut aus dem Fenster. „Es ist Mason! Er ist da!"

Ich öffne die Tür, mein Lächeln erstarrt. „Hi, Mason. Du bist der Erste."

„Mason!" Sophie umarmt sein Bein. „Danke für das Geschenk!"

„Herzlichen Glückwunsch!" Er gibt ihr das Geschenk, sie rennt, es auf den Geschenketisch zu legen.

„May, die Frau heute Morgen will nur Geld", sagt Mason leise.

Ich hebe die Hand. „Du musst nichts erklären." *Natürlich will sie Geld* fürs *Baby.*

Ich fokussiere mich auf Sophie, lasse sie helfen, Mitgebsel aus unserer Wohnung im zweiten Stock zu holen. Ich spüre seine Blicke, als ich hochgehe. Er schuldet mir keine Erklärung. Es ist vorbei.

Mason

Ich stehe am Rand, während kleine Mädchen rumrennen. Ihre Stimmen erreichen ein Level, das nur Hunde hören. Nicht die Zeit, mit May über heute Morgen zu reden. Aber ich gehe nicht, bis wir sprechen.

Ein weiteres schrilles Kreischen. Meine Schultern verspannen, ich will mir die Ohren zuhalten, aber Sophie rennt vorbei: „Ich hab so viel Spaß!"

Ich darf dem Geburtstagskind nicht die Laune verderben. Sie haben eine ausgeklügelte Runde Twinkle Fairies gespielt, geleitet von Sophie. Alle Mädchen tragen Feenflügel. Anscheinend sollten sie die von zu Hause mitbringen.

„Wo sind deine Feenflügel?", fragt Alice grinsend.

„Hab ich wohl zu Hause gelassen. Wollte die Mädchen nicht ‚überflügeln'. Die sind riesig."

„Hab ich gehört."

Ich zucke bei der Anspielung zusammen. Hat May Alice von gestern erzählt? Ich dachte, das bleibt unter uns. Hat sie auch von Evie erzählt? Nein, kann nicht sein. Alice lächelt zu sehr.

„Sie strahlt", sagt Alice. „Schau sie an."

Ich sehe May im Zentrum des Chaos, die Mädchen vorsichtig von Möbeln hebt. Ich will sie an die Regel erinnern – Niemand springt auf Möbel! – aber das ist nicht mein Job. Meine Eltern hätten das gemacht. Dad war beim Militär, Mom tough, ich bin an einen anderen Erziehungsstil gewöhnt.

„Sie wirkt gestresst", sage ich zu Alice.

Sie schüttelt den Kopf. „Ich weiß, dass sie bei dir gegessen hat, und sie bat mich, Sophie übernachten zu lassen. Gut gemacht! Sie war seit einem Jahr mit niemandem zusammen. Kannst du dir das vorstellen?"

Ich bemerke Mays Blick. Sie runzelt die Stirn, schaut weg.

„Oh, oh, Ärger im Paradies?", fragt Alice.

May lächelt ein Mädchen mit schiefem Pferdeschwanz süß an, hebt sie vom Couchtisch.

Ich habe keine Antwort, also mache ich mich nützlich, werfe Sofakissen auf den Boden. „Der Boden ist Lava."

Die Mädchen hüpfen von Kissen zu Kissen. Ich werfe Kissen vom anderen Sofa, dazu ein paar Dekokissen.

May gesellt sich dazu, stellt sich hinters Sofa, schenkt mir ein schiefes Lächeln. „Daran hätte ich denken sollen."

Der Lärm steigt, die Mädchen schreien sich an, der Lava auszuweichen.

May flüstert mir ins Ohr: „Hab dich vor Sechsjährigen-Partys gewarnt. Kopfschmerzen?"

„Nein, aber ich hab wohl etwas Gehör verloren." Wenigstens reden wir. Ich dachte, sie weicht mir die ganze Party aus. Jemand starrt. Alice und ihre Mom Liz beobachten uns. Liz wirkt hoffnungsvoll.

Ich flüstere May zu: „Alice und deine Mom wissen von gestern."

„Sschhh. Nicht vor dem ..." Sie schaut sich um. „Wo ist das Geburtstagskind?"

„Ich hab sie!", ruft Sophie, rennt mit einer Chipstüte rein. Sie reißt sie auf, Chips fliegen überall. Die Mädchen stürzen hin, inspizieren das Chaos.

„Die sind jetzt dreckig", sagt eins.

„Die sind in die Lava gefallen", sagt ein anderes.

„Lava macht mir nix", sagt ein Drittes, isst einen Chip.

„Iiih!", rufen die anderen, stampfen zur anderen Raumseite, zerdrücken Chips im Teppich.

Sophie steht da, Unterlippe zittert, umklammert die Tüte.

May rennt zu ihr. „Ist okay. Ich räume das auf." Sie eilt in die Küche.

Sophie starrt entsetzt auf das Chaos. May kommt mit einem Müllbeutel, macht kurzen Prozess.

„Jetzt gibt's keine Chips mehr", sagt Sophie leise. „Meine Lieblingssorte, nur für besondere Anlässe, und jetzt ist es ruiniert." Ihre Stimme bricht.

Mist! Sie wird auf ihrer Party weinen. Ich greife die Tüte. „Ich hole neue, genau die." Ich fotografiere die Tüte mit dem Handy. May hält den Müllbeutel hin, ich werfe die Tüte rein.

„Kein Grund zum Weinen, okay? Ich bin zurück, bevor du Pinn-den-Schwanz-ans-Einhorn sagst."

„Pinn den Schwanz ans Einhorn", sagt sie verweint.

„Lass uns spielen", sagt May, den Müllbeutel hinter dem Rücken. Liz eilt her, entsorgt ihn. „Alle ins Esszimmer!" Sie dreht sich zu mir, um als die Mädchen rausstapfen. „Musstest du nicht, aber danke."

„Kein Problem."

Sie folgt den Mädchen. Alice saugt Chipsbrösel auf.

Ich eile raus, die Stille eine Erleichterung, meine Schultern entspannen. Ich war mir nicht sicher, warum ich hier war, da Sophie mit Freundinnen beschäftigt war, aber jetzt weiß ich es. Ich bin der Chips-Typ.

Als ich zurückkomme, essen die Mädchen Pizza am Esstisch. Kein Chips-Notfall mehr. Mir gefiel der Gedanke, der Held zu sein.

An einem Einhorn an der Wand kleben überall Regenbogenschwänze. Hab viel verpasst. Der Laden war voll, ich fand die richtige Sorte nicht sofort. Bin den Gang mehrmals abgelaufen, bis ich sie im Sonderangebot am nächsten Gang fand.

Ich gebe May die Tüte.

Sie lächelt. „Danke! Jetzt kommen Karaoke, Kuchen, Mitgebsel, dann kannst du gehen."

„Ich will noch reden."

Sie schüttelt den Kopf. „Nicht nötig." Sie hält die Tüte hoch. „Wer will Chips?"

„Iiiich!", rufen die Mädchen fast einstimmig.

Mein Kopf pocht vom Lärm. Ich suche Liz und Alice, aber sie sind weg. Im Wohnzimmer räumt Liz auf, Alice liegt mit einem Waschlappen auf der Stirn auf dem Sofa.

„Kann ich helfen?", frage ich Liz.

Sie scheucht mich weg. „Du bist Gast. Geh zur Party."

„Aber es ist so laut."

Sie lacht. „Darum kämpft Alice mit Migräne."

„Was ich nicht alles für meine Nichte tue", sagt Alice. „Ich halte bis zum Kuchen durch, dann brauche ich einen dunklen, ruhigen Raum."

„May versteht, wenn du gehst", sagt Liz. „Du kannst mit Sophie bei der Familienfeier feiern."

„Ich hab was genommen", sagt Alice. „Ich schaffe es bis zum Kuchen."

Hmmm, es gibt eine Familienfeier, aber Sophie wollte mich bei ihrer Freundeparty. Warum? Ich bin fehl am Platz, fühle mich wie ein lauernder Riese. Ihre Familie zu treffen ist, als würde man eine Frau zur Hochzeit einladen. Oh, Moment. Das hab ich ja schon.

„Du musst May echt mögen, wenn du den Wahnsinn von Sechsjährigen erträgst", sagt Liz erwartungsvoll.

„Wir sind Freunde", sage ich neutral.

„Ha!", macht Alice, dann: „Au, mein Kopf!"

Liz klopft meine Schulter, bringt den Staubsauger weg. Zurück zur Party, dann, wenn alle gehen, klären May und ich alles.

~

May

Mason sah die meiste Zeit der Party aus wie ein verschreckter Hirsch. Ich habe ihn gewarnt. Es ist süß, dass er für Sophie gekommen ist. Und süß, dass er so schnell Chips holte. Aber nur weil er eine süße Seite hat, verzeihe ich ihm nicht, wie gefühllos er die schwangere Frau behandelte. Er war mein erster und letzter One-Night-Stand. Wahrscheinlich nicht sein Erster oder Letzter. Wir sind nicht kompatibel.

Ja, ich habe den ersten Schritt für die Nacht gemacht, und es war toll, aber das ist vorbei. Im harten Tageslicht zeigt sich, dass ich ohne ihn besser dran bin.

Er sieht mir in die Augen, deutet mit der Gabel auf den Kuchen. „Hast du den selbst gemacht?"

Ich nicke. Dreilagiger Schokoladenkuchen, Schokomousse dazwischen, Fudge-Zuckerglasur obendrauf.

„Erstaunlich", sagt er, haut wieder rein.

Ich nehme ein Stück, sehe Sophie ihren Tag genießen. Ich bin müde, genervt wegen Mason, aber Sophies Glück macht mich froh. Sie liebt die Party.

„Wer fertig ist, hebt die Hand", sagt Sophie.

Ein Mädchen nach dem anderen hebt die Hand, manche nicht fertig.

„Zeit, Geschenke zu öffnen!", ruft Sophie. Sie schiebt ihren Stuhl zurück, stürmt raus. Ich folge, behalte alles im Auge. Die Mädchen setzen sich im Wohnzimmer im Kreis auf den Boden, Sophie nimmt ein Geschenk vom Tisch, setzt sich dazu, öffnet es.

Masons Stimme an meinem Ohr erschreckt mich. Ich habe ihn im Lärm nicht kommen hören. „Du bist eine gute Mom. So geduldig. Du schreist nie."

„Ich kann schreien. Muss nur genug gedrängt werden. Wie gestern, als sie deinen rosa Cadillac ausprobierte."

Unsere Blicke treffen sich, wir lachen. Mein Herz schlägt schneller. Nein, ich weigere mich, mich in ihn zu verlieben.

„Wie viel ist der Cadillac wert?", frage ich, denke an möglichen Schaden.

Er nennt eine Summe, die mich sprachlos macht. Ich hätte das nie zahlen können. Ich dachte nur an Sophies Sicherheit. Aber das Auto ist für sein Geschäft wertvoll.

„Schätze, du lädst uns nicht wieder in den Laden ein", sage ich.

„Sie macht's nicht nochmal. Sie hat gelernt."

Er sagt das so sicher, ich will lachen. „Hat sie, wirklich?"

„Hoffe ich."

Es klingelt, Alice geht hin.

„Olivia H.s Mom ist da", kündige ich.

Olivia H. wirft verärgert den Kopf zurück. „Warum muss ich zuerst gehen? Kann ich bleiben, Mommy?"

Ihre Mom, Cara, ist Vorsitzende der Eltern-Lehrer-Vereinigung an der Clover Park Grundschule. Ihr honigblondes Haar hat perfekte Highlights, fällt in weichen Wellen um ihr geschminktes Gesicht. „Wir müssen los. Sag Sophie und ihrer

Mom Danke." Ihr Blick fällt auf Mason, mustert ihn anerkennend. Sehen Sie? Er ist für alle Frauen gutaussehend, sexy, nicht nur für mich. Darum ist er im Fernsehen.

Cara hebt fragend die Brauen in meine Richtung.

Ich zucke eine Schulter. Sie weiß, dass Mason nicht für Mom oder Alice da ist. Beide sind verheiratet. Das wird Mom-Tratsch.

Mom gibt Olivia H. eine Mitgebseltüte mit leisen Spielsachen – Kreisel, Seifenblasen, Feenaufkleber. Ich hätte nichts gegen Süßigkeiten und Trillerpfeifen, wie eine andere Mutter letztes Jahr bei einer Kindergartenparty. Die Rückfahrt mit meinem Kind auf Zuckerhoch war ein Alptraum. Nicht so schlimm wie das Sex-Gespräch gestern heimwärts. Gott, das war schweißtreibend.

„Danke, Mrs. Herman", sagt Olivia H. süß.

„Gern geschehen. Danke fürs Kommen. Sophie!" Meine Tochter öffnet weiter Geschenke.

Sophie winkt. „Bye, Olivia H.! Danke fürs Geschenk, auch wenn ich es noch nicht aufgemacht habe."

„Ich komme morgen vorbei, um mit –"

„Sag's ihr nicht, es ist eine Überraschung", mahnt Cara.

Olivia H. hüpft. „Ooh, Sophie, du wirst es lieben. Ich will auch eins."

Sophie lächelt, winkt. Sie gehen, ich sehe Alice auf der Veranda. „Frierst du nicht?"

„Ich fühle mich hier besser. Ich begrüße die Leute, lass sie rein, okay?"

Ich nehme ihren Mantel vom Haken, reiche ihn ihr. „Geh nach Hause. Ich mach auf."

Sie zieht ihn an. „Lass Mason öffnen. Die Moms könnten einen Augenschmaus gebrauchen."

„Ha-ha."

„Im Ernst."

„Ich bin sicher, er will auch gehen." Ich flüstere: „Ich bin überrascht, dass er kam. Wir sind heute Morgen nicht gut auseinandergegangen, und eine Sechsjährigen-Party ist nicht sein Ding."

„Ihr streitet schon? Worüber?"

„War eine einmalige Sache, ich brauche kein Drama." Ich schubse sie. „Geh! Werd gesund. Danke für die Hilfe."

Sie winkt, eilt zu ihrem Wagen. Ich bin froh, dass ich keine Migräne vom Lärm kriege. Wie sollte ich sonst Sophie und ein volles Inn managen?

Eltern kommen, ich begrüße sie, bereit, ihre Kinder gehen zu lassen. Ich brauche ein ruhiges Zimmer, ein Glas Wein. Sophie wird nach der Aufregung wohl zusammenbrechen. Vielleicht machen wir beide ein Nickerchen.

Mason hilft, gibt Mitgebsel aus, während Mädchen gehen. Wow, er zieht's bis zum Schluss durch.

„Musst nicht bleiben", sage ich, nachdem eine Mom und ihr Kind weg sind.

„Ich will reden, also bleib ich."

„Es gibt nichts zu reden."

„Doch."

Eine Elterngruppe kommt. Mason hilft durch die Verabschiedungen, reicht Jacken, Mitgebsel. Wenn jemand fragt, wer er ist, sagt er nichts.

Endlich geht das letzte Mädchen.

Sophie dreht ihr hellbraunes Haar, ein Zeichen, dass sie müde ist. „Das war eine tolle Party, Mommy. Kann ich fernsehen?"

„Ja." Ich habe entschieden, Fernsehentzug wäre auch für mich hart. Stattdessen einen Monat kein Nachtisch, außer heute. Ich bin ein Softie.

Sobald der Fernseher läuft, wende ich mich Mason zu. „Worüber willst du reden?"

Er räuspert sich, zieht mich nah, spricht in mein Ohr. Ein heißer Schauer rast meinen Rücken hinab bei seinem tiefen Grollen. „Die Frau heute Morgen, Evie, wollte nur in der Show sein. Ich habe nie mit ihr geschlafen. Wir haben uns nur kurz im Happy Endings getroffen. Das war's."

„Sie ist nicht schwanger?", flüstere ich.

Er löst sich, sieht mich an. „Nein."

„Du hast so gleichgültig gewirkt."

„Weil ich wusste, dass es nicht wahr war. Sie ging von Schwangerschaft und Kindesunterhalt zu einem Auftritt in der Show, dann wollte sie tausend Dollar für Miete gegen Sex."

Mir bleibt der Mund offenstehen.

Er hebt mein Kinn, klappt meinen Mund zu. „Du kennst mich nicht gut genug, aber ich schlafe nicht mit jeder."

Ich sehe in seine Augen und finde nur Aufrichtigkeit. Jetzt ist mir peinlich, dass ich das Schlimmste dachte. „Schätze, du wartest, bis sie sich zum Abendessen einladen."

Er schmunzelt. „Ich hatte gestern Spaß."

„Ich auch."

Er streift meine Wange mit den Lippen. „Willst du mich wiedersehen?" Seine Stimme flüstert Hoffnung.

Ich lächle. „Ja."

Er lächelt, seine Augen wandern zu meinen Wangen, Lippen, zurück zu meinen Augen. Er flüstert: „Deine Freunde haben mich hier gesehen, deine Mom und Schwester wissen von gestern, können wir öffentlich ausgehen? Oder ist das rein hausintern?"

Ich lese zwischen den Zeilen. Beziehung oder Gelegenheitssex?

Ich flüstere: „Hausintern mit völliger Geheimhaltung ist am besten. Wichtig ist, Sophie rauszuhalten. Ich will kein Gerede. Gerüchte verbreiten sich schnell in einer Kleinstadt."

Er nickt ernst.

„Wenn du einverstanden bist", sage ich. „Ich weiß, du bist vielleicht an einem Punkt, wo du mehr willst, und wenn ja, geh raus, finde es."

Sein Mundwinkel hebt sich zu einem schiefen Lächeln. „Weißt du, selbst nach dem Überleben dieser wilden Mädchen will ich dich." Seine Augen glühen, plötzlich will ich ihn, jetzt.

„Kann ich eine Safttüte?", fragt Sophie, rennt in die Küche, sieht uns nicht.

„Ja!", antworte ich.

Sie rennt zurück ins Wohnzimmer.

Mason will küssen, ich schiebe ihn weg. „Danke fürs Kommen!"

Er schmunzelt. „Danke dir fürs Kommen."

Ich laufe rot an, schüttle den Kopf. „Bye."

„Wann sehe ich dich wieder?"

„Ich schreibe dir."

Er blickt mich sehnsüchtig an, das ist mehr als Lust. Er mag mich. „Okay", sagt er, dann lauter: „Bye, Sophie! Herzlichen Glückwunsch!"

„Bye! Ich krieg den Trinkhalm nicht in die Safttüte."

Mason will helfen, ich halte ihn am Arm. „Mein Job."

„Richtig."

Ich helfe Sophie, höre die Tür schließen. Hab ich richtig entschieden, ihn wiederzusehen? Wie lange kann ich das geheim und zwanglos halten? Ich spiele ein gefährliches Spiel. Wem mache ich was vor? Ich verliebe mich schon. Wer würde das nicht, nach seiner Großzügigkeit mit Reparaturen, in der intimen Zeit, und er kam zu Sophies Party!

Ich setze mich zu Sophie aufs Sofa, lege einen Arm um sie. Sie lehnt sich an, sieht hoch. „Werdet ihr heiraten?"

Ich erstarre. „Warum fragst du?"

„Alle meine Freunde sagen das. Kann ich den Hochzeitskuchen aussuchen?" Sie weiß alles über Hochzeiten, versteht aber keine Beziehungen.

Verdammt, sie ist zu tief drin. „Nein, Süße, wir heiraten nicht. Er ist ein netter Mann, der Dinge repariert, wir bedanken uns mit Abendessen. Erwachsene sind kompliziert."

„Es ist einfach, Mommy. Ihr mögt euch, verliebt euch, heiratet."

„Wir machen das nicht. Mason und ich sind Freunde wie du und Olivia H. Er ist sehr beschäftigt, ich auch. Wir haben wahrscheinlich nicht viel Zeit, uns zu sehen."

„Das ist Mist."

„Sophie! Sag nicht Mist. Das ist unhöflich."

Sie seufzt laut. „Ich hab meinen Geburtstagswunsch verschwendet."

Ihr Wunsch *war, dass* wir *heiraten?*

„Schau deine Sendung. Ich mach Popcorn."

„Okay!"

In der Küche hole ich Mikrowellen-Popcorn, stelle es rein. Ich schreibe Mason:

Sophie denkt, wir heiraten. Ich weiß *nicht, ob das zwischen uns* klappt, *nicht* mal zwanglos.

Mason: *Kannst du nicht sagen, wir sind Freunde?*

Ich antworte nicht, unsicher, was ich sagen soll. Ich schalte den Klingelton aus, falls er anruft, reibe meine Schläfe. Ich habe Gefühle für ihn. Ich balanciere auf einem Drahtseil zwischen Liebe und Sophies Schutz. Unmögliche Wahl.

Die Mikrowelle piept. Ich schütte Popcorn in eine Schüssel, nehme Servietten, gehe zurück.

Sophie sitzt mit Papierfetzen um sich. „Schau, was Mason mir geschenkt hat!"

Sie hält ein schwarzes *Hot Finds*-T-Shirt hoch, Flammen um die Buchstaben. Dann zeigt sie ein rosa Cadillac-Spielzeugauto, wie das, das sie bewundert und gefahren hat.

Ich wappne mich gegen die kitschigen Gefühle für einen Mann, der in vier Stunden zwischen meiner Flucht aus seinem Haus und der Partyvorbereitung einen rosa Cadillac fand. Alles für mein Mädchen. Ihm liegt was an ihr.

Aber wäre er langfristig in unserem Leben? Ich komme nur im Paket, und ich weiß nicht, ob er bereit ist, und es ist nicht fair, das zu verlangen.

10

Ich habe eine Woche ohne Mason überlebt. Tage, in denen ich versucht habe, nicht an ihn zu denken. Nächte voller lebendiger, sexy Träume. Ich habe nur nachgegeben, weil es in meinem Haus regnet. Natürlich an einem Samstag, wenn Klempner extra kosten. Ich habe einen angerufen, aber er braucht Zeit, bis er mit seinem anderen Notfall fertig ist. Meine Eltern sind mit Onkeln und Tanten im Winterurlaub auf den Bermudas. Mason wird wissen, was zu tun ist. Er ist gleich hier.

Die Katastrophe: Während ich in unserer Wohnung im obersten Stock geduscht habe, hat Sophie ohne Erlaubnis im Gästebad geduscht, um „es auszuprobieren". Der Duschvorhang hing draußen, praktisch Duschen ohne Vorhang. Das Wasser sammelte sich auf dem Boden, sickerte unter die Fußleiste bis zur Decke unten. Es war eine *lange* Dusche.

Selbst mit dem Vorhang draußen hätte es eine Pfütze geben sollen, nicht die Decke fluten. Ich habe Handtücher im Foyer ausgelegt, an der Decke ist eine große Blase, die wahrscheinlich platzt und ein hässliches Loch hinterlässt.

Ich starre die Blase an, will sie zwingen, nicht zu tropfen. Sophie liegt bäuchlings auf dem Wohnzimmerteppich, malt ihr „Von-Punkt-zu-Punkt"-Buch. Wir haben lange über

Duschvorhänge geredet. Ihre Antwort: „Okay. Sag das deinen Gästen, sonst haben wir das Problem wieder." Als wüsste niemand, wie Duschvorhänge funktionieren. Ha!

Ich höre einen Truck, schaue aus dem Fenster. Mason. Ich glätte mein Haar, mein Herz schlägt schneller. Ich weiß nicht, warum ich aufgeregt bin. Wir treffen uns nicht mehr. Ein Sanitär-Notfall ist nicht sexy.

Ich öffne die Tür, bevor er klingelt. „Danke, dass du kommst. Ich wusste nicht, wen ich sonst anrufen soll." Ich verziehe das Gesicht, klingt, als hätte ich ihn nicht anrufen wollen, obwohl es okay ist, Bekannte zu sein, die sich manchmal sehen. „Ich hab den Klempner angerufen, aber er kann samstags wegen eines anderen Jobs nicht sofort kommen."

Er tritt ein, schaut zur Decke, ganz sachlich. „Was ist passiert?"

„Hi, Mason!", sagt Sophie fröhlich. „Ich verbinde Punkte, dann male ich das Bild aus."

„Cool", sagt er, sieht mich fragend an.

Ich erzähle die Duschgeschichte, deute ihm, mir nach oben zu folgen. Im Bad sah er sich die Dusche und Wanne an, geht in die Hocke, checkt den Boden.

Er steht auf. „Du brauchst eine Schwallschutzleiste, damit kein Wasser rausläuft. Im Baumarkt gibt's alles." Denkt er, ich weiß, was das ist oder wie man's installiert?

„Äh, kannst du so eine Leiste besorgen und anbringen? Ich zahle dir die Kosten."

Er steckt die Hände in die Jeanstaschen. „Klar."

„Gut, ich weiß nicht mal, was eine Schwallschutzleiste ist." Ich lächle. Er lächelt nicht zurück.

Ist er nicht okay damit, nur Bekannte zu sein? Vielleicht sauer, dass ich angerufen habe?

„Hätte ich nicht anrufen sollen? Ich wusste nicht, wen sonst. Meine Eltern sind im Urlaub mit –"

„Ist okay." Klingt aber nicht so.

Ich gehe voraus aus dem Bad. Auf dem Weg zur Tür sagt er: „Ich repariere auch die Trockenbauplatte an der Decke.

Muss allerdings eine Woche trocknen. Alles reparierbar. Hast du einen Eimer?"

„Ja, ich hol' ihn."

Mit dem Eimer zurück, nimmt er sein Mehrzweck-Taschenmesser, macht einen kleinen Schnitt in die Blase. Dad wäre begeistert. Er sagt immer, jeder braucht ein Taschenmesser, man weiß nie. Das behalte ich für mich.

Wasser tropft in den Eimer. Keine Flut, wie gedacht. Vielleicht nicht so schlimm.

„Du brauchst keinen Klempner", sagt Mason. „Du brauchst einen besser konstruierten, versiegelten Boden im Bad. Wenn du das Bad nicht auseinandernehmen und neu machen willst, reicht die Schwallschutzleiste."

Sophie blickt vom Boden hoch. „Reparierst du das?"

„Ja. Muss nur Sachen aus dem Baumarkt holen. Die Decke braucht drei Tage zum Reparieren. Ich komme in einer Woche wieder."

Sophie setzt sich auf. „Mommy, zahlst du ihn wieder mit Abendessen?"

„Ähm ..."

Mason hebt die Hand. „Nicht nötig. Bin bald zurück."

Er geht.

Ich schließe die Tür, lehne mich dagegen. Er respektiert die Grenze, kein warmes Lächeln, kein Flirten. Das ist schlimmer als ein sauberes Ende, ich vermisse sein Lächeln.

Ich bin so verwirrt.

Am nächsten Tag nach dem Abendessen klingelt es. Nicht Mason. Er sagte, in einer Woche für die Decke, und er hat die Badewannenleiste schon angebracht.

Ich spähe durch den Spion. Eine Frau mit kurzem braunem Bob, silbernem Mantel. *Mist! Masons Mom. Was macht sie hier?*

Ich öffne die Tür. „Hi, alles okay?"

Ihr Blick ist streng. „Nicht wirklich. Erinnern Sie sich von der Hochzeit?" Ich trete zurück, sie kommt rein. Hatten wir uns nicht geduzt?

„Klar, Sie sind Masons Mom. Geht's ihm gut?"

„Ihm geht's gut." Sie schaut zur beschädigten Decke. „Wasserschaden."

„Ja. Wird in einer Woche repariert."

„Schon wieder, Mason."

„Mrs. Shaw –"

„Madison."

„Madison, Mason war eine große Hilfe. Sie wissen, wie teuer es ist, ein altes Haus in ein Inn umzubauen. Und dann kommen immer neue Reparaturen. Ich will am Valentinstag eröffnen, in vier Wochen." Ich lege eine Hand an die Stirn, plötzlich überwältigt. „Ich hab so viel zu tun, hab noch nicht mal mit Werbung angefangen. Ich war so beschäftigt, alles zu richten."

Sie hebt die Hand. „Das interessiert mich nicht. Ich bin wegen Mason hier. Das funktioniert nicht. Er ist nicht bereit für …" Sie bricht ab, als Sophie in Kleid, Hose, Feenflügeln, Feuerwehrhelm reinrennt.

Sie bleibt vor Madison stehen. „Wer bist du?"

„Und wer bist du?", fragt Madison zurück.

„Ich bin Sophie Herman."

„Sophie, das ist Masons Mom, Mrs. Shaw. Du hast sie kurz auf der Hochzeit getroffen."

„Ich kann ein Rad schlagen, willst du's sehen?"

Sie schlägt ein Rad, macht einen Überschlag, versucht einen Handstand, bevor ich sie vor der Tischkante stoppe. Sie schiebt sich das Haar aus dem Gesicht. „Ta-dah!"

„Gut gemacht", sagt Madison. „Aber räum die Möbel weg vor dem Turnen."

Sophie schiebt den Sofatisch.

„Kein Turnen mehr", sage ich.

Sophie springt aufs Sofa, hüpft, lässt die Flügel flattern. „Ich wünschte, ich könnte fliegen."

Madisons Miene wird weicher. „Ich habe gehört, Mason war auf deiner Geburtstagsparty."

Sophie springt runter. „Ja. Er wird mein Daddy."

Madison hält die Luft an.

Sophie plappert: „Es braucht nur Zeit und einen Funken, bis Leute heiraten, und so wird man ein Daddy. Tante Alice sagte das."

Ich springe ein. „Nein, Schätzchen. Mason und ich heiraten nicht."

„Wie kann er dann mein Daddy sein?" Sophie wendet sich an Madison. „Ich hab mir zu Weihnachten einen Daddy gewünscht, der Weihnachtsmann hat ihn nicht gebracht. Bei meinem geheimen Geburtstagskerzenwunsch dachte ich fest, lass Mason mein Daddy sein, und es wurde nicht wahr."

Madison sieht mich vielsagend an. Ich schüttle den Kopf.

Sophie fährt fort: „Ich hoffe, der Osterhase macht es wahr. Ich schreibe ihm einen Brief, wie für den Weihnachtsmann, aber statt Lieber Weihnachtsmann schreibe ich Lieber Osterhase. Dann brauchen wir nur einen Funken für die Hochzeit. Mommy, der Funke ist dein Job."

„Sophie, Wünsche machen keinen Daddy", sage ich sanft.

„Jeder in meiner Gruppe hat einen Daddy!", weint Sophie. „Tate hat sogar zwei, und ich hab keinen. Das ist nicht fair." Sie stampft nach oben.

Madison sieht ihr nach. „Sie hat Temperament. Gut. Das macht sie stark."

Ich lache leise. „So kann man's nennen."

Madison lächelt, wirkt fast zugänglich. „Sie erinnert mich an mich in dem Alter. Stark, eigensinnig, angeberisch, um Aufmerksamkeit zu kriegen. Nur wollte ich statt eines Dads verzweifelt eine Mom. Meine ging, als ich ein Jahr alt war. Ich weiß, wie sehr ich eine Mom wollte, wie die anderen Kinder. Nicht die, die ging. Eine neue, bessere."

„Das war sicher schwer."

Sie fixiert mich mit schmalen, braunen Augen. „Sie haben keine Ahnung, was Sie tun, oder?"

„Was meinen Sie?"

„Als alleinerziehende Mom daten."

„Mason und ich sind nur Freunde. Ich date niemanden, bis Sophie auf dem College ist."

Sie sieht skeptisch aus. „Sie senden gemischte Signale. Bitten ihn, Sachen zu reparieren, laden ihn zum Essen ein. Er schwärmt von Ihrem Kochen." Sie senkt die Stimme. „Mein Sohn war noch nie auf einer Sechsjährigen-Party, seit er sechs war. Glauben Sie, er macht das für eine Freundin? Ich weiß, dass er spät hierbleibt. Meine Nichten haben's mir erzählt."

Meine Wangen brennen. „Dieser Teil ist vorbei. Ich hab's beendet."

Sie spricht, als hätte ich nichts gesagt. „Ich bin hier, um Sie dazu zu bringen, sich von Mason fernzuhalten. Zu Ihrem Besten. Er ist nicht bereit, ein Dad zu sein. Seine Ex hatte vor sechs Monaten Angst, schwanger zu sein, er ist *ausgeflippt*. Er weiß nicht, ob er je heiraten will. Keiner meiner Jungs weiß das." Ihre Brauen ziehen sich zusammen. „Macht keinen Sinn, da ihr Dad und ich glücklich verheiratet sind. Vielleicht stoßen die Jungs sich die Hörner ab. Sie *denken*, Sie tun nichts, aber Sie ziehen ihn an."

Als wäre ich eine Verführerin. *Klar. Repariere meine* Rohre! *Moment, das klingt* falsch.

„Ich denke, Sie sollten gehen", sage ich, gehe zur Tür.

„Engagieren Sie einen Handwerker. Ich schicke Empfehlungen. Ich bin in Immobilien, kenne jeden, was für ein Inn nützlich wäre. Ich könnte helfen."

Ich öffne die Tür. „Ich sage Mason, dass Sie hier waren."

„Nicht nötig. Viel Glück mit dem Inn!" Sie schießt raus.

Ich schließe die Tür, lehne mich seufzend dagegen. Plötzlich fällt mir auf, wie still es oben ist. Bei Sophie ist Stille nie gut. Ich renne die Treppe hoch.

Mason

Mir klappt die Kinnlade runter. „Du hast was?" Ich telefoniere mit Mom, die total über die Stränge geschlagen hat.

„Ich hab mit ihr geredet, von Frau zu Frau", sagt Mom. „Es musste sein."

„Nein, musste es *nicht*."

„Sophie will einen Dad, wie ich eine Mom wollte."

„Deshalb hat May Schluss gemacht. Ich fass' es nicht, dass du zu ihr gefahren bist! Das geht zu weit!"

„Erst eine Hochzeit, dann die Party einer Sechsjährigen, und deine Cousinen sagen, du bist oft zum Essen da, reparierst Sachen. Was sollte ich denken? Sie zieht dich an, und du merkst es nicht. Du bist nicht bereit für diese Szene. Erinnerst du dich, als Christina dachte, sie sei schwanger? Du warst in Panik."

„Weil ich Schluss machen wollte, als das passierte. Ich wollte nicht ewig an Christina gebunden sein." Ich atme tief aus. „Du hättest nicht hingehen dürfen. Was hat sie gesagt? War sie überrascht, dich zu sehen?"

„Ich denke, sie war überrascht. Sie sagte, sie hat es beendet, und wenn du mir das erzählt hättest, wäre nichts passiert."

„Gib nicht mir die Schuld."

„Sorry. Ich war besorgt. Und als ich hörte, wie Sophie sagte, wie sehr sie einen Daddy will, kannte ich das Gefühl. Es ist schwer, diese Leere zu ertragen."

Moms Mom verließ sie mit einem Jahr; Dads Mom starb jung an einer Überdosis. Tief drin ist Mom immer noch das Mädchen, das eine Mom will.

„Mason, Sophies Geburtstagswunsch war, dass du ihr Vater bist. Mach mit May nur weiter, wenn du dich binden willst. Ich meine, *heiraten.* Sonst ist es ihnen nicht fair."

Ich halte inne. Das ist eine große Sache, dass ein Kind seinen Wunsch für mich nutzt. Wüsste Sophie nichts von uns, würde ich jeden Moment mit May stehlen. Aber Sophie weiß es, ihre Hoffnungen hängen an mir.

„Ich verstehe", sage ich. „Ich sehe May eh nicht wieder."

Außer für die Reparaturen nächste Woche.

„Ich mag Sophie. Sie erinnert mich an mich in dem Alter. Viel Energie, impulsiv, laut."

„Aber auch süß, im Gegensatz zu dir."

„Alle Kinder sind süß. Sie wächst raus, und das ist nicht schlecht."

May ist auch süß. Lustig, nett, sexy. Das behalte ich für mich. Ich kann denken, was ich will, solange ich es nicht tue.

„Ich lege auf", sage ich.

„Bye."

Ich stehe da, denke an May. Sie hat's beendet, bevor es tief genug ging, um eine Zukunft zu erwägen. Bei einer alleinerziehenden Mom muss man immer die Zukunft bedenken.

Bin ich bereit für eine Familie? Das schien immer was für ältere, sesshafte Typen. Eine Tochter? Ich weiß nicht, wie man Mädchenfrisuren macht, Mädchengespräche führt oder Mädchenkleidung kennt. Feen und Stofftiersammlungen sind fremd. Obwohl ich Hornbows Reiz sehe. Es fliegt und zaubert.

Nein, ich genieße meine Freiheit. Komme, gehe, wie ich will, muss niemandem Rechenschaft ablegen (außer meiner neugierigen Familie), mache zu Hause so viel Chaos, wie ich mag.

„Junggesellenleben für mich", sage ich ins stille Haus.

Ich lasse mich aufs Sofa fallen, greife die Fernbedienung, schalte das Spiel ein, um die Stille zu füllen.

11

———

Nicht lange nach dem Besuch von Masons Mom über-
raschte mich eine E-Mail von Rafael, dem Hochzeitsfoto-
grafen von Shayla und Owen. Er fragte, ob ich das Inn in
einer Woche für ein Fotoshooting für Website und Marketing-
material fertig haben könnte. Ich habe alles getan, um es
perfekt zu machen, außer der Deckenreparatur. Mason muss
ihn geschickt haben. Das hätte er nicht tun müssen. Unwill-
kürlich empfinde ich warme Gefühle für einen Mann, der
alles tut, um mir zu helfen, und nichts dafür verlangt.

Die ganze Woche trug ich Hoffnung im Herzen. Obwohl
ich Mason weggestoßen habe, ist er noch in meinem Leben.
Das bedeutet etwas. Ihm liegt an mir als Person, nicht nur für
Gelegenheitssex.

Ich hatte gehofft, ihn heute zu sehen, aber ein Mann
namens Ralph tauchte heute Morgen statt Mason auf, um die
Decke zu reparieren. Er hält wohl Abstand. Ich hatte Mason
ein Abendessen zum Mitnehmen gemacht, als Dank für die
Reparaturen, weil ich weiß, dass er meine Küche mag, und
gab es stattdessen Ralph. Ralph, in seinen Sechzigern,
geschieden, war begeistert von einer hausgemachten Mahl-
zeit, da er jeden Abend Tiefkühlkost isst.

Ich gebe es ungern zu, aber als ich Ralph sah, schwand

meine Hoffnung. Mason sorgt sich, ja, aber er will mich nicht sehen. Das tat mehr weh, als es sollte, da ich es beendet habe. Vielleicht war das ein Fehler.

Nachdem Ralph gegangen ist, fragt Sophie: „Wann kommt Mason wieder?"

„Ich weiß nicht. Er ist sehr beschäftigt. Hey, wie wär's, wenn wir Olivia H. oder Carrie nach dem Fotoshooting zum Spielen einladen?"

„Können beide kommen?"

„Klar. Ich schreibe ihren Moms."

„Juhu!" Sie geht in die Küche. „Ich hab solchen Durst!"

Es klingelt. Das muss der Fotograf sein.

Ich öffne die Tür für einen großen, gutaussehenden Mann mit kurzen braunen Haaren, strahlend blauen Augen und stoppeligem Kinn. Er könnte ein Model oder Filmstar sein. Filmstar, definitiv. „Hi, Rafael." Auf der Hochzeit fiel mir nicht auf, wie gut er aussieht. Wahrscheinlich, weil ich auf Mason fixiert war.

Er schenkt mir ein Lächeln, das sein Gesicht erhellt. „Hey, schön, dich wiederzusehen. Hab ich erwähnt, dass ich der jüngere Bruder des Bräutigams bin?" Ich verbinde die Punkte. Masons Cousin und Claire Jordans Sohn. Kein Wunder, dass er wie ein Filmstar aussieht.

„Jetzt sehe ich die Ähnlichkeit. Komm rein."

Er tritt ein. „Mason hat mein Honorar übernommen, also denk nicht dran."

„Hat er?"

„Ja."

„Das muss ich irgendwie wiedergutmachen."

„Ne, lass ihn galant sein." Er zwinkert.

Ich lache. „Komm, ich zeig dir, was ich hervorheben will. Der zweite Stock ist meine Wohnung, die lassen wir aus."

„Klar."

Sophie kommt aus der Küche, Milchbart im Gesicht. „Wer bist du?"

„Rafael", sagt er. „Und du bist Sophie."

Ihre Augen weiten sich. „Woher kennst du meinen Namen?"

„Wir trafen uns auf der Hochzeit, aber ich war meist hinter der Kamera." Er hält die Kamera vors Gesicht, senkt sie. „Ich mache heute Fotos vom Inn für deine Mom."

„Wie lange muss ich auf mein Spieltreffen warten?", fragt Sophie mich.

„Ich frag nach, ob du zu ihnen kannst. Mach dich fertig, während ich checke, wer da ist."

Sie rennt nach oben.

„Ich schicke dir heute Abend digitale Proofs", sagt Rafael. „Such deine Favoriten aus. Ich bearbeite sie und schicke die finalen Fotos."

„Vielen Dank!"

„Ich mache erst Hausfotos, dann welche von dir auf der Veranda."

„Absolut!" Er beginnt im Wohnzimmer, ich eile nach oben, ziehe was Hübscheres an als weiten Pullover und Leggings. Es war so süß von Mason.

Was bedeutet das?

Am nächsten Morgen steht eine junge Brünette mit einem Ordner vor meiner Tür. Noch ein Hochzeitsgast, den ich erkenne. Sie ist mit Cooper Campbell, Masons Cousin, verlobt.

Sie lächelt, reicht mir die Hand. „Hi, ich bin Rowan Sanders. Wir trafen uns kurz auf Shaylas und Owens Hochzeit. Ich bin Partnerin bei Love Junkies, dem führenden Hochzeitsplanungsservice der Stadt."

„Ja, ich erinnere mich. Du und Cooper hat so glücklich auf der Tanzfläche ausgesehen."

Sie lächelt. „Sind wir auch. Ich bin hier, um bei der Marketing- und Social-Media-Kampagne fürs Inn zu helfen. Das ist meine Spezialität bei Love Junkies, und ich hatte früher meine eigene Werbeagentur." Sie hält den Ordner hoch. „Ich hab viele Ideen, würde aber auch deine hören."

Ich bin baff. Erst Rafael mit professionellen Fotos, jetzt eine Marketingexpertin für die überwältigende Werbeaufgabe.

Ich trete zurück. „Komm rein. Ich freu mich, jemanden zu haben, mit dem ich Ideen besprechen kann, und will deine hören. Was nimmst du?"

Sie winkt ab. „Schon erledigt."

„Von Mason?"

„So macht's unsere Familie. Wir helfen uns. Du bist Mason wichtig, also gehörst du dazu."

„Aber ich bin nicht Familie. Mason und ich sind nicht mal mehr zusammen."

Sie tätschelt meinen Arm. „Mmm-hmm. War für mich anfangs auch komisch. Du gewöhnst dich dran."

Macht Mason eine große Geste?

Rowan sieht mich erwartungsvoll an, ich werde aktiv. „Ich führe dich rum, dann arbeiten wir am Küchentisch." Zum Glück ist Sophie beim Sonntagsbrunch bei meinen Eltern, zurück von den Bermudas.

„Klingt gut!" Sie legt den Ordner auf den Couchtisch, holt ihr Handy aus der Tasche. „Ich mache Notizen."

Während ich sie führe, bleibt sie oft stehen, betrachtet Ausblicke aus Fenstern, setzt sich auf Möbel, diktiert ins Handy. Sie ist gründlich.

Ich denke nur, wenn Mason weiter Leute schickt, bedeutet das, dass er es ernst mit mir meint. Vielleicht kann ich ein Risiko eingehen und ihn reinlassen. WWMT? Grandma Maggie war für Risiken im Leben. Sie sagte oft, du kannst dich unter deinem Bett verstecken, aber das Bett könnte über dir einstürzen.

Doch es ist nicht nur ein Risiko für mich. Da ist Sophie. Wenn ich vorsichtig bin, sie vor hohen Erwartungen schütze, könnte es klappen.

Nach Rowans Besuch dreht sich alles. Ich wusste nicht, dass Social Media so komplexe Werbemöglichkeiten bietet. Wir haben ein Budget ausgearbeitet, sie will das Inn ihren Hochzeitskunden empfehlen. Ich habe zugestimmt, Love Junkies allen Verlobten zu empfehlen, die hier übernachten, eine Win-win-Situation.

Ich muss Mason danken. Meine Eltern sind mit Sophie im Kino nach dem Brunch, ich hab noch ein paar Stunden. Ich nehme meinen Mantel, gehe raus.

Kurz darauf komme ich bei seinem Haus an, klingele.

Er öffnet, Brauen hochgezogen. „May, alles okay?"

„Ja. Ich wollte danken, dass du Rafael und Rowan geschickt hast. Sie waren sehr hilfreich. Ich bin echt dankbar."

Er tritt zurück, deutet mir reinzukommen.

Ich schiebe die Hände in die Manteltaschen, plötzlich unsicher. Ich erinnere mich an jedes Detail unseres Essens hier, unserer Nacht.

Ein Mundwinkel hebt sich. „Das war meine Entschuldigung, weil meine lästige Mutter bei dir war und dich vergraulen wollte. Sorry. Das hat sie noch nie bei jemandem gemacht, mit dem ich zusammen war. War sowieso unnötig, oder?"

Ich lasse die Schultern sinken. „Richtig. Ich hatte ja gesagt, wir sollten uns nicht mehr sehen."

„Was ich verstehe. Sophie ist deine Priorität."

Ich schlucke hart. „Ich glaube, ich hab's vermasselt."

„Womit?"

Ich sehe ihm in die Augen. „Ich mag dich sehr."

Er tritt näher, seine Stimme rau. „Ich dich auch."

„Und … ich denke, ich bin bereit für mehr. Mit dir."

Er schiebt eine Strähne hinter mein Ohr. „May, ich fühle mich geehrt. Aber Sophie? Sie hatte uns von Anfang an im Visier. Ich will sehen, wohin das mit uns führt, ohne dass sie denkt, ich trete als Dad ein."

„Wir könnten sagen, wir gehen als Freunde aus?"

Er hebt eine Braue. „Das täuscht sie nicht."

„Okay, ich weiß nicht, was wir tun sollen. Ich will nicht, dass ihr Herz bricht, wenn's nicht klappt."

„Oder deins."

„Oder meins", gebe ich zu.

Er zieht mich in seine Arme. „Hilft es, wenn ich sage, dass ich dich sehr vermisst habe und nicht aufhören kann, an dich zu denken?"

Ich schlinge die Arme um seinen Hals, genieße die Wärme und Kraft seines Körpers, eng an meinen gedrückt. „Ja. Ich auch. Ich hab Angst vor dem, was ich fühle."

Sein Blick wird weich. „Ich auch. So hab ich noch nie für jemanden empfunden."

Mein Herz öffnet sich. „Oh, Mason."

„Das kommt nicht jeden Tag."

Meine Augen werden feucht. Ich hatte einmal Liebe, hatte Angst, mich wieder zu öffnen. „Ich weiß."

„Wir können's langsam angehen. Nur wir zwei, okay? Wir lassen unsere Familien raus. Du hast gesehen, wie neugierig meine Verwandten sind. Bis du dich wohlfühlst, mich bei Sophie zu haben, bleibe ich weg. Ich verstehe, warum das nötig ist, aber, May, ich muss dich sehen. Ich verliebe mich in dich."

Er nimmt mein Gesicht, küsst mich zärtlich, ehrfürchtig. Mein Herz rast. Das ist richtig. Ich muss es nochmal mit Liebe versuchen.

Ich setze Sophie am nächsten Wochenende bei meinen Eltern für eine Übernachtung ab. Ich sagte, ich verbringe Zeit mit alten College-Freunden. Ich lüge ungern, aber es war der einzige Weg, um sie von Hoffnungen abzuhalten, die vielleicht nicht wahr werden.

Ich stelle ihren Rucksack ins Wohnzimmer. Sie rennt, umarmt Mom.

Mom streichelt ihr Haar. „Wir haben so viel Spaß bei der Übernachtung. Heute sehen wir einen Film mit Popcorn, morgen gehen wir Schlittenfahren. Der Schnee hinter der Grundschule ist perfekt."

„Welchen Film?", fragt Sophie.

„Ein Vögelchen zwitscherte, dass du *Hoppity* sehen willst." Ein Osterhasenfilm vom letzten Jahr. Sophie freut sich auf Ostern, obwohl es noch zwei Monate sind. Sie ist alt genug, um Feiertagstraditionen zu schätzen.

„Jaaa!"

Sophie rennt zu Dad, wirft sich an seine Beine. Er hebt sie kopfüber hoch. Sie lacht wie verrückt, als er sie in die Küche trägt.

Mom mustert mich. „Läuft's gut mit Mason?"

Ich verkneife ein Lächeln, hab fast Angst, glücklich zu sein. „Noch früh." Wir haben diese Woche täglich geschrieben, gestern stundenlang telefoniert. Heute wachte ich schwindlig auf, weil ich ihn sehe. Das behalte ich für mich, da Mason und ich unsere neugierigen Familien raushalten wollen, aber Mom weiß Bescheid.

„Du siehst glücklich aus. Er ist gut für dich."

„Lass uns nichts überstürzen. Es ist neu. Wir lernen uns erst kennen."

„Wann laden wir ihn zum Essen ein?"

„Nicht bald."

„Hast du seine Eltern getroffen?"

„Einmal auf der Hochzeit und einmal, als seine Mutter kam, sagte, er sei nicht bereit für Familienverantwortung, und ich solle mich zurückziehen. Das war angenehm."

„Echt? Er ist gegen Familie?"

„Sie sagte, seine Ex dachte, sie sei schwanger, und er flippte aus. Wir haben vereinbart, es langsam anzugehen."

Sie schaut zurück. Dad und Sophie sind in der Küche, trinken wohl heißen Kakao, Dads Spezialität. „Weißt du, ich hatte auch mal Angst, schwanger zu sein, und flippte aus, obwohl ich Kinder liebe."

Ich starre sie schockiert an. „Mom, das hast du nie erzählt."

„War mit deinem Dad, bevor wir fest zusammen waren."

„Wow!"

„Eine Überraschungsschwangerschaft braucht Zeit zur Eingewöhnung. Ich nehme ihm nicht übel, dass er ausflippte. Kinder verändern dein Leben für immer. Du weißt das." Sie drückt meinen Arm. „Ein geplantes, gewolltes Kind ist was anderes."

Ich atme aus. „Will jetzt nicht dran denken. Heute ist nur Essen." Ich küsse ihre Wange. „Bye, Mom. Danke, dass ihr auf sie aufpasst."

„Mein einziges Enkelkind. Ich hätte sie jeden Tag, aber du würdest sie zu sehr vermissen. Viel Spaß, nimm dir Zeit, sie morgen zu holen. Schlittenfahren dauert, dann gibt's Kakao."

Sophie taucht im Wohnzimmer auf, kaut. „Grandpa hat die winzigen Marshmallows!"

„Kann man Kakao anders trinken?", fragt Mom.

Sophie schüttelt lächelnd den Kopf.

Ich küsse ihren Kopf. „Viel Spaß! Bis morgen."

„Bye, Mom. Viel Spaß mit deinen alten Freunden!"

Mom unterdrückt ein Lachen.

„Danke, Sophie. Sei brav."

„Ich bin immer brav." Sie umarmt mich. „Ich hab dich lieb, Mommy."

Mein Herz zieht sich zusammen. „Ich hab dich auch lieb."

Ich gehe mit schwerem Schritt. Ist okay, rede ich mir ein. Ich darf mit einem Mann essen. Sophie hat Zeit mit ihren Großeltern, ich Zeit für mich. *Kein schlechtes Gewissen, kein schlechtes Gewissen, kein schlechtes Gewissen.*

Das Abendessen ist herrlich. Mason fuhr mit mir in ein gehobenes Steakhouse in Fieldridge, nahe Clover Park. Ich hatte Filet Mignon mit Rotwein. Jetzt teilen wir Desserts – ich ein Schokoladensoufflé, er Brotpudding.

„Wie ist dein Dessert?", fragt er.

„Dafür könnte ich sterben."

„Gut. Willst du meins probieren?"

„Nein, danke. Will den Schokoladengeschmack nicht ruinieren."

„Na gut." Er isst einen Bissen Brotpudding, sieht zu, wie ich mein Dessert genieße. Ich sollte Schokoladensoufflé zu Hause versuchen.

Nach dem Dessert bittet Mason um die Rechnung, lehnt sich zurück. „Wie wär's mit einem Skiwochenende nächste Woche? Tante Claire hat eine Hütte in Maine."

„Oh, ähm, ein ganzes Wochenende?"

„Wir können Ski fahren, Schneeschuhwandern, ein Feuer machen. Wird dir gefallen."

„Ich will Sophie nicht ein Wochenende allein lassen, plus das Inn. Ich hab noch keine Buchungen für Valentinstag. Ich hab zu spät mit Marketing angefangen, wartete, bis alles fertig war."

„Ich wette, du kriegst Last-Minute-Ehemänner und Freunde, die buchen. Hast du die Grußkartenabteilung am Valentinstag gesehen?"

„Ehrlich, nein."

Er wedelt mit der Hand. „Voller Typen, die bis zur letzten Minute warten, um eine Karte zu kaufen."

Ich zögere. „Ich war am Wochenende immer in der Nähe, falls Sophie mich braucht."

Er hebt die Hand. „Verstehe."

„Sorry!"

„Ich dachte nur, wie viel Spaß wir hätten. Das ist alles." Er unterschreibt die Rechnung, steht auf. „Bereit?"

Ich spüre Kühle in seinem Ton, als wäre er mit meinen Grenzen unzufrieden. „Wir können uns nächstes Wochen-ende hier amüsieren, oder? Oder du fährst mit jemand anderem nach Maine. Mir egal."

„Ist okay. Wir sagten, langsam angehen."

„Ich bin froh, dass du's verstehst."

Er legt eine Hand an meinen unteren Rücken, führt mich aus dem Restaurant. Draußen atmet er aus. „Ich fahr dich heim."

„Nein! Ich meine, wir müssen's nicht *so* langsam angehen.

Ich hab die ganze Nacht für was auch immer."

Er schenkt mir ein sexy Lächeln, legt die Arme um meine Taille. „Ich erinnere mich, dass was auch immer gut war."

„Was auch immer war besser als gut. Es war phänomenal!"

Er schmiegt sich an meinen Hals, küsst bis zu meinem Ohr, zieht mit den Zähnen am Ohrläppchen. „Die süßesten Worte, die ich je hörte." Er streichelt meine Wange, küsst mich zart, blickt tief in meine Augen.

Meine Gefühle schnüren mir die Kehle zu, mein Herz pocht in den Ohren. Ich tauche ins tiefe Ende. Furchteinflößend und beglückend zugleich.

Sobald wir Masons Haus betreten, prallen wir in einem leidenschaftlichen Kuss zusammen. Seine Hände sind überall, ich liebe es. „Genau das brauche ich."

Er bricht den Kuss, seine Augen glühen. Meine Lippen öffnen sich, mein Atem geht schneller. Er überrascht mich, hebt mich hoch, trägt mich nach oben.

„Du bist wirklich galant", sage ich oben.

Er stößt die Schlafzimmertür auf, tritt sie zu. „Ich sehe es als romantisch."

„Rafael sagte, du hast ihn für Fotos geschickt, weil du galant warst."

„Mir war's peinlich, dass eine namenlose Person aus meiner Familie bei dir war, über mich redete."

Ich streichle seinen stoppeligen Kiefer. „Nur wir heute Nacht."

„Nur wir."

Er zieht die Decke zurück, hebt mich mühelos in die Bettmitte. Ich setze mich, ziehe Oberteil und BH aus.

Sein Blick erhitzt sich. „May, du bist so schön!"

„Danke! Jetzt zieh dich aus!"

Sekunden später sind wir nackt. Ich öffne die Arme. Er

bedeckt mich, küsst mich drängend. Die Intensität steigt sofort.

Er hebt den Kopf, blickt zärtlich, streichelt meinen Hals hinab. Er küsst sich meinen Körper hinunter. Meine Glieder werden schwer, ich seufze.

Er küsst meinen Bauch ehrfürchtig. Meine Sorgen um Schwangerschaftsstreifen schmelzen. Bei Mason fühle ich mich wie eine Göttin.

Er küsst meine Scham, ich zucke zusammen, dann stützt er sich auf, küsst meine Lippen.

Er küsst meinen Mundwinkel, dann den anderen, als meine Lippen sich öffnen, fordert er meinen Mund. Der Kuss geht weiter, wird härter, rauer, tiefer.

Er küsst sich meinen Körper hinab, ich lege die Beine über seine Schultern. Ich poche vor Vorfreude. Er streichelt mich sanft ein-, zweimal, dann ersetzen seine Lippen die Finger. Meine Hüfte hebt sich, sucht mehr Lust. Ich schaukele zu seinem Rhythmus, steige höher, näher an Erlösung. Seine Finger stoßen in mich, sein Mund bearbeitet mich, fest, gierig.

Nah, so nah. Ich bin jenseits von Worten, verloren in Empfindung, dann explodiere ich, Lustwelle um Lustwelle schießt durch mich. Er bleibt, führt mich durch jeden Tropfen Lust, bis ich ausgelaugt bin. Ich schließe die Augen, werfe die Arme zur Seite.

„Du bist so sexy", knurrt er. Ich höre das Rascheln der Kondomhülle, dann ist er auf mir.

Er küsst mich, ich schmecke mich selbst. Sexy. Intim. Er stöhnt in meinen Mund, dringt ein. Ich schlinge Arme und Beine um ihn, schwelge in der tiefen Vereinigung.

Er hebt den Kopf, seine dunklen Augen brennen in meine, während er sich bewegt, langsam, beständig, erschüttert mich bis ins Mark. Ich fühle mich lebendig vor Lust und Liebe, es strahlt zurück mit jedem Blick, jeder Berührung dieses wunderbaren Mannes.

Ich küsse ihn leidenschaftlich, er bricht ab, Augen glasig vor Lust, nimmt mich schnell, hart, hält sich nicht zurück. Unsere Atemzüge vermischen sich, wir atmen schwerer, teilen diesen wilden Ritt. Er trifft genau die richtige Stelle, lässt mich keuchen, sein Blick hält mich im Wirbel der Empfindungen geerdet. Ich komme, löse seine Erlösung aus. Ich packe seine Schultern, überwältigt von Lust.

Sekunden später küsst er mich zärtlich, rollt sich auf den Rücken. Sein Arm zieht mich an sich. Ich drücke die Wange an seine Brust, lausche seinem wild pochenden Herzen.

Mason spricht, klingt, als wäre er einen Marathon gelaufen. „Ich liebe dich."

Mein Herz springt.

„Ich weiß, es ist früh, du musst es nicht erwidern."

Ich hebe den Kopf, sehe ihn an. „Ich liebe dich auch."

Er küsst mich zärtlich.

Ich lege den Kopf zurück auf seine Brust, lächle. „Ich hab das Gefühl, uns steht ein wilder Ritt bevor."

Er küsst meine Schläfe. „Der beste."

Am nächsten Morgen macht Mason Käseomelettes, wir sitzen an einem kleinen Küchentisch in der Ecke. Gemütlich. Wie ein Kokon.

„Lass mich dir was erzählen", sagt Mason.

Ich schneide ein Stück Omelett. „Klar."

„Dad und ich haben Ideen für Werbung nächste Saison ausgearbeitet. Dad fand es lustig, wenn Sophie so tut, als würde sie einen Cadillac fahren."

„Du hast ihm davon erzählt?"

„Musste ich, weil wir ihn polieren mussten. Es wäre nicht der rosa, aber wir könnten einen Cadillac besorgen."

„Ich will sie nicht ermutigen, in dem Alter zu fahren."

„Wir sagen, sie tut nur so, fürs Fernsehen. Wie die kleinen Autos auf der Kirmes."

„Ich weiß nicht."

„Nur eine Idee."

„Sie ist schon Fan der Show."

„Wie du."

Ich lächle. „Ich gebe zu, ich war dein Fan, nicht der Show."

Er legt die Hände auf die Brust, tut überrascht. „Schockiert. Ich dachte, meine Autokompetenz beeindruckt dich."

Ich schnappe sein T-Shirt, ziehe ihn zu mir, küsse ihn.

Er lehnt sich zurück, glättet sein Shirt. „Wenigstens weiß ich, dass Sophie wegen der Autos geschaut hat. Was sagst du, soll Sophie Werbung machen?"

„Ich weiß nicht. Muss drüber nachdenken."

„Komm, das wird Spaß! Das Auto bewegt sich nicht. Spezialeffekte kommen später. Sie sitzt nur, tut so, als lenkt sie, und hupt."

„Okay, ich erwähne es ihr. Wenn sie will –"

„Sie will. Fan der Show, Cadillacs, Chance im Fernsehen. Sie zahlen sie auch."

„Ich steck das Geld in ihren Collegefonds."

Unsere Blicke treffen sich, wir lächeln.

„Vielleicht ein bisschen zum Spaß ausgeben?", fragt er.

„Vielleicht."

„Du bist eine toughe Mom."

„Wie viele Kinder können im Fernsehen so tun, als führen sie einen Cadillac? Das ist Belohnung genug."

„Nur eine."

„Zurück zum Programm." Er nimmt meine Hand, zieht mich vom Stuhl. Seine Arme legen sich um mich, er schmiegt sich an meinen Hals. Heißes Kribbeln durchfährt mich.

„Was ist mit Frühstück?", frage ich atemlos.

Er hält inne, sieht verwirrt aus. „Wenn du noch ans Frühstück denkst, mache ich's nicht richtig."

Er schenkt mir ein sexy Lächeln, küsst mich, schiebt mich rückwärts zur Theke. Er hebt mich hoch, drückt seinen Körper zwischen meine Beine. Ich schlinge Arme und Beine um ihn, Frühstück vergessen. Mein Verlangen nach Mason ist so groß wie seins nach mir.

12

―――――

Am nächsten Samstagmorgen erscheint Sophie bei Exotic and Classic Restoration in einem lila gepunkteten Kleid, rosa gestreifter Hose und roten Schneestiefeln. Ein funkelnder Haarreif komplettiert das Outfit. Ihr offener Mantel flattert im Wind. „Ich bin bereit!"

Ich bin unsicher, ob ihr buntes, gemustertes Outfit vor der Kamera gut wirkt, aber sie soll sich nicht schlecht fühlen. Sie hat sich sicher selbst angezogen.

„Super! Das wird Spaß machen." Ich deute auf unseren Regisseur, Hank. „Das ist Sophie. Der Star des Tages."

Sophie stemmt eine Hand in die Hüfte, hebt das Kinn und lächelt.

May kommt mit einem Kleidersack zu uns. Ein Ruck durchfährt mich, als sich unsere Blicke treffen. „Hi", sagt sie fast schüchtern. Gestern bei mir hat May alle Hemmungen fallen lassen. Sie vertraut mir jetzt, und ich belohne das mit überwältigenden Orgasmen.

„Hallo", sage ich warm.

Sie trägt einen braunen Wollmantel, und ich denke nur daran, ihn ihr auszuziehen. Ich wusste nie, wie viel besser Sex ist, wenn die Gefühle so tief sind. Ich will sie küssen, halte mich zurück. Wir halten es vorerst privat.

Sie räuspert sich, spricht professionell. „Ich hab mehrere Outfits mitgebracht. Sophie trägt ihre eigene Wahl."

„Hank?", frage ich, denke, er sollte Sophie bitten, sich umzuziehen.

„Je mutiger, desto besser", sagt Hank.

May wirft mir einen überraschten Blick. Ich zucke die Schultern. Wir sehen beide Sophie an, die lächelt, Dad entdeckt und zu ihm rennt, um zu reden.

„Kann sie lesen?", fragt Hank.

„Ja", sagt May. „Sie liest seit drei. Ich hab's ihr beigebracht."

„Sie ist echt klug", sage ich, obwohl es offensichtlich ist.

„Ich gebe ihr das Skript", sagt Hank und winkt sie her.

Sophie wendet sich an Dad, sie kommen zusammen. Sobald Sophie das Skript hat, liest sie es. Es ist kurz, nur ein Werbespot.

May greift danach. „Ich muss sicher sein, dass es okay ist."

Sophie reicht es ihr.

„Okay, das ist gut."

Sophie hüpft am Set herum, checkt Lichter, Kameras, löchert die Crew mit Fragen.

„Ein Naturtalent", sage ich zu May. „Sieh, wie sie sich für alles interessiert!"

„Sie ist neugierig. War sie immer."

Es dauert nicht lange, bis wir filmen. Dad und ich stehen vor einem weißen Cadillac Coup de Ville, sodass man Sophie auf dem Fahrersitz nicht sieht.

Ich spreche in die Kamera. „*Hot Finds* kehrt am 25. März mit mehr Oldtimern und fantastischen Scheunenfunden zurück."

Dad sagt seine Zeile. „Wir haben einen Mercedes SL 300 Flügeltürer, einen knackigen VW-Käfer und einen oldschool Cadillac Coup de Ville."

Wir treten zur Seite, die Kamera zoomt auf Sophie, die so tut, als fährt sie.

Hank zählt drei Sekunden an den Fingern, gibt Sophie ein

Zeichen, auszusteigen. Die Tür ist leicht offen, um es ihr zu erleichtern. Sie stößt sie auf, hüpft raus, rennt zu uns.

Sie tritt vor, stemmt die Hände in die Hüften, sagt zur Kamera: „Sieh dir die Autos an, die du schon als Kind fahren wolltest."

„Cut!", sagt Hank. „Sophie, du bist ein Naturtalent. Nochmal. Wenn du aussteigst, stell dich zwischen Parker und Mason."

Sie salutiert, rennt zurück zum Auto.

Ich sehe May an, die verkrampft lächelt. Vielleicht sorgt sie sich, dass Sophie wieder fahren will. Ich habe ihr versichert, keine Schlüssel im Auto, Handbremse angezogen.

Wir machen zwei weitere Takes, dann sagt Hank: „Noch eins, locker. Sophie, sag deine Zeile und alles, was die Leute dazu bringt, die Show zu sehen."

Sie grinst, rennt zum Auto.

May kaut auf ihrer Unterlippe. Ich nicke ihr zu, hoffe, es signalisiert, dass alles gut wird.

Wir gehen es nochmal durch.

Diesmal sagt Sophie: „Das ist das Auto, das du fahren wolltest, seit du Kind warst, aber deine Mom ließ dich nicht. Sieh dir *Hot Finds* an, und du sitzt wie ich am Lenker." Sie rennt zurück, steigt ein.

„Cut!" Hank klatscht. „Fantastisch! Komm raus, Kind. Fertig. Gut gemacht!"

Sophie rennt begeistert raus. „Kann ich's sehen?"

Hank nimmt sie zum Monitor, zeigt ihr die Versionen von heute.

Ich nehme Mays Hand. „Siehst du? Es lief gut, sie hatte Riesenspaß."

Sie legt eine Hand aufs Herz. „Ich hatte keine Ahnung, was sie sagt, wenn sie improvisiert. Sie hat in der Schule Schimpfwörter aufgeschnappt, findet es lustig, sie mir zu sagen."

Ich lache.

Mays Brauen senken sich missbilligend. „Das ist nicht

lustig. Wir haben oft darüber gesprochen. Jedes Mal, wenn sie flucht, muss sie eine Aufgabe erledigen."

„Das machten wir als Kinder auch. Als Teenager sagte Mom, wir könnten normal reden. Sie wollte nur, dass wir vor Erwachsenen vorzeigbar sind."

May neigt den Kopf. „Du hattest eine interessante Erziehung."

„Nicht wie deine."

Sie schüttelt den Kopf. „Mom war nicht cool mit Schimpfwörtern. Du hast sie ja getroffen. Sie ist kultiviert."

Ich tue beleidigt. „Oh, im Gegensatz zu meiner Mom."

„Ich habe nicht verglichen. Mom hat die dritte Klasse unterrichtet und legt großen Wert auf Manieren."

Ich küsse ihre Hand. „Am Ende hab ich Manieren gelernt."
Sie lächelt.

„Danke, dass du Sophie das hast machen lassen. Ich denke, es wird ein Hit. Vielleicht kriegen wir Kinder dazu, die Show zu sehen. Nie zu früh, was über Autos zu lernen."

Wir schauen zu Sophie, die in ihrem Kleid wirbelt. „Ich bin so glücklich!", ruft sie uns zu.

Ich treffe Mays Blick, wir lächeln, beide froh, dass Sophie glücklich ist.

May

Sophie ist den Rest des Tages auf einem Hoch. Vielleicht sollte ich ein Kindertheater für sie finden. Mir kam nie in den Sinn, dass sie schauspielern mag. Rückblickend liebt sie Aufmerksamkeit, verkleidet sich gern, spielt erfundene Feen-Szenarien.

Wir sitzen im Wohnzimmer, warten auf die Pizza, und sie redet immer noch, wie toll es war, einen Werbespot für ihre Lieblingssendung neben *Twinkle Fairies* zu machen.

„Das freut mich", sage ich, „aber das war einmalig."
Sie seufzt. „Ich weiß."

„Wenn du willst, suche ich ein Kindertheater für dich."

Sie strahlt. „Was machen die dort?"

„Kinder spielen Geschichten auf der Bühne für ein Publikum."

„Tragen sie Make-up, wählen ihre Kostüme?"

„Weiß nicht. Ich schaue nach, okay? Grandma weiß es vielleicht."

„Ich ruf sie gleich an." Sie schnappt das Telefon, drückt die Kontaktliste.

Es klingelt. Muss die Pizza sein.

Ich öffne, finde Mason mit unserer Pizzaschachtel. Ich erstarre. Wir waren uns einig, es privat zu halten.

Er lächelt. „Ich sah den Lieferanten, hab ihn bezahlt, sagte, ich liefere selbst."

„Was machst du hier?"

„Ich hab tolle Neuigkeiten, konnte nicht warten, euch zu sagen. Es geht auch um Sophie. Wo ist sie?"

„Im Wohnzimmer, telefoniert. Sag's mir zuerst."

Ich bringe die Pizza in die Küche, er folgt.

„Iss nicht ohne mich!", ruft Sophie. Dann laut ins Telefon: „Sorry, Grandma, Pizza ist da. Als du *Shrek* im Kindertheater sahst, trug Fiona grünes Make-up? Ich will grünes Make-up."

Mason tritt zu mir, senkt die Stimme. „Bevor sie reinkommt: Hank schickte die Promos an Tante Claire. Unsere Show läuft unter ihrer Produktionsfirma. Claire mochte Sophies improvisierte Version. Sie sagt, Sophie hat Präsenz und Energie, die den Bildschirm erhellt. Sie will sie für einen Film, den sie produziert und regiert. Sophie würde die Kinder-Version der Hauptrolle spielen."

Ich lege die Hand an die Kehle. „Ein Film?"

„Claire sagt, sie kann ihr einen Agenten besorgen. Könnte der Start eines lustigen Hobbys für Sophie sein."

„Oder ihr Leben übernehmen. Du kennst die Horrorgeschichten von Kinderschauspielern, die Drogen nehmen, weil sie keine normale Kindheit hatten."

„Shayla war Kinderschauspielerin und ist toll geraten."

„Du sagtest, sie war als Teen in der Hollywood-Party-szene. Darum war sie im Sommer bei Tante Claire."

„Aber sie hat's gut hinbekommen, ist jetzt glücklich mit ihrer Karriere."

Ich verschränke die Arme. „Nein, lokales Kindertheater ist eine Sache. Mit Erwachsenen am Set, kein Kindergarten –"

„Claire sagt, es wäre eine Woche Arbeit. Sie kann eine Woche Kindergarten fehlen."

„Hi, Mason!", ruft Sophie, erscheint neben uns. „Isst du Pizza mit uns? Warum fehle ich eine Woche Kindergarten?"

Mason sieht mich nach Antworten. Da sie ihn gesehen hat, schadet es nicht, wenn er isst.

„Willst du für Pizza bleiben?", frage ich.

Er lächelt. „Sehr gern."

„Warum fehle ich Kindergarten?", fragt Sophie wieder.

Ich schüttle den Kopf. „Tust du nicht. Deck den Tisch mit Servietten, Tellern, bitte. Ich muss mit Mason sprechen."

„Okay."

Ich ziehe Mason ans andere Ende des Wohnzimmers. „Erwähn die Filmsache nicht. Sie wird den Kindergarten nicht verpassen. Ich will das nicht für sie."

„Ich vertraue Tante Claire. Du hast sie getroffen. Nette Frau. Wenn sie einen Agenten empfiehlt und am Set ist, geht's Sophie gut."

„Und wenn ihr Agent mehr Arbeit findet? Als Nächstes fliegt sie nach L.A., filmt weiß Gott was mit Fremden, ich muss da sein, das Inn aufgeben. Nein, einfach nein."

„Du übertreibst. Es ist nur eine Woche. Solche Chancen kommen selten. Sie hatte heute Spaß."

Ich sehe Rot. Er streitet über meine Tochter. „Du hast hier kein Mitspracherecht. Sie ist meine Tochter, meine Verantwortung. Geh."

„May, ich wollte nicht –"

„Ich denke, es ist keine gute Idee, wenn du weiter in Sophies Nähe bist."

Er hebt die Hände. „War zu forsch. Ich dachte, sie hätte Spaß."

Ich beiße die Zähne zusammen. „Du gehörst nicht zu dieser Familie."

Er tritt zurück, verletzt. „Vermute, du hast recht."

Meine Kehle schnürt sich zu, ich weiß, das ist Abschied. Ich muss Sophie um jeden Preis schützen. Komm nie zwischen Mutter und Tochter. „Ich hab recht."

„Das heißt, ich bin nicht Teil deines Lebens, weil deine Familie dein Leben ist."

Ich neige den Kopf, Emotionen blockieren meine Stimme.

„Spar dir die *Es-ist-kompliziert*-Rede. Wir sollten eine Pause machen von dem, was das ist. Aus anderer Perspektive betrachten."

Ich nicke.

Er küsst meine Wange. „Auf Wiedersehen, May. Grüß Sophie."

„Sag's ihr selbst."

„Ich denke, es ist besser, wenn ich gehe."

Ich halte den Kopf hoch, weigere mich, vor ihm zu weinen. Ich hab das Richtige getan. Er muss wissen, dass ich alle Entscheidungen für Sophie treffe.

Die Tür schließt sich leise. Ich blinzele Tränen zurück.

„Mommy?"

Ich reiße mich zusammen. „Ich komme!"

Haben wir uns wegen einer Elternentscheidung getrennt?

Mason

Ich lande im Happy Endings, wo ich May traf. Samstagabend, viel los. Mein Cousin Cooper serviert mir ein kaltes Bier, wirft mir einen fragenden Blick zu, geht zu anderen Kunden. Schätze, ich sehe so schlecht aus, wie ich mich fühle.

Ich wollte Sophie nur etwas Lustiges bieten, verstehe nicht, warum May sich so wehrte. Ich dachte, sie vertraut mir. Ich sagte, es ist sicher mit Tante Claire. Es fühlt sich an, als wäre ich drin, dann plötzlich draußen in der Kälte. Ich will ganz drin sein.

Ich nehme einen langen Schluck Bier, stütze die Ellbogen auf die Bar. Wie komme ich an ihren Mauern vorbei, dauerhaft in ihr Herz? Abgesehen von ihrer Abwehr, die mir die Haare zu Berge stehen lässt, ist alles an ihr perfekt. Nicht perfekt, aber perfekt für mich. Wir haben Spaß. Sie ist schön, klug, süß. Alles, was ich in einer Frau wollte, wusste ich erst, als ich *sie* traf. Die Frau für mich.

Cooper, mit zerzaustem braunem Haar, kehrt zurück. Er beugt sich, sieht mich an. „Frauenprobleme?"

Ich grunze, peinlich berührt, weil ich seine Hilfe brauche. An wen sonst? Meine Brüder würden lachen. Sie waren nie verliebt, sie verstehen das nicht. Cooper ist mit Rowan verlobt, hatte vorher Beziehungen. Er ist der nächste Experte.

Cooper lehnt sich über die Bar. „Ich hörte, deine Eltern sind gegen die Beziehung, weil sie ein Kind hat."

„Ja, aber wir haben das umgangen." Meine Kehle schnürt sich zu, ich trinke Bier. „Ich war einfach nicht fertig, weißt du?"

„Und sie schon."

Ich atme aus, erzähle von Tante Claire, die Sophie entdeckte, und wie May mich verließ, weil ich drängte.

„Und sie sagte, ich gehöre nicht zu ihrer Familie", schließe ich.

„Tust du ja auch nicht."

Ein Typ gestikuliert für Drinks. Cooper hebt einen Finger, schickt Nachschub ans andere Ende. Mein Bier ist leer, ich fühle mich schlechter.

Als er zurückkommt, sage ich: „Verstehst du nicht? Sophie ist ihr Leben. Wenn ich nicht zur Familie gehöre, bin ich nicht in ihrem Leben."

„Und das willst du."

„Ja, aber nicht so … wir gingen es langsam an." Langsam *wurde* zur *Sackgasse*.

„Du hast zwei Optionen: Dich an May und Sophie binden oder gehen."

„Ist das nicht zu früh?", frage ich laut.

„Wenn du weißt, es ist richtig, ist es richtig. Wenn du hier drin weißt –“, er zeigt aufs Herz, „ist sie die Eine.“

„Du klingst wie deine Mom.“ Tante Hailey, Hochzeitsplanerin, inoffizielle Kupplerin der Stadt.

„Mom ist klug. May muss wissen, dass du bleibst. Und tritt ihr nicht auf die Zehen bei der Erziehung. Sie ist länger in Sophies Leben als du. Du musst dir das Vertrauen verdienen.“

„Woher weißt du was über Mütter und Kinder?“

„Ich höre zu. Du bist nicht der Erste mit einer Leidensgeschichte an der Bar.“

Ich schnaube. *Leidensgeschichte!* Ich mustere ihn. Er ist entspannt, glücklich. Ich bin elend. Ich weiß, wovon er redet. Aber Ehe? Dad sein?

„So was überstürzt man nicht!“, rufe ich.

Er sammelt ruhig Gläser, stellt sie ins Spülbecken unter der Bar. „Du musst ihr keinen Antrag machen, lass sie wissen, dass du bleibst.“

Ich verlasse die Bar, denke über seinen Rat. Wo ist die Grenze zwischen Ehe und ich bleibe? Ich will dauerhaft in ihrem Herzen sein, muss sie dauerhaft in meins lassen. Ich weiß nicht, wie ich sagen soll, dass ich bereit für was Festes bin. Ich kann's nur versuchen.

Ich gehe zurück zum Inn, klingele.

May öffnet, Lippen formen ein überraschtes O. „Mason, ich hab dich nicht erwartet.“

„Sorry, dass ich mit der Erziehungssache zu weit ging. Ich dachte, sie hätte Spaß beim Film –“

Sie tritt auf die Veranda, schließt die Tür. „Schh, ich hab ihr nichts erzählt.“ Sie zieht die Strickjacke enger. „Mason, das liegt an mir. Ich hätte mich nie auf dich einlassen sollen. Es ist nicht der richtige Zeitpunkt in meinem oder Sophies Leben.“

Mein Magen brennt. „Aber ich mag Sophie. Sie ist toll. Und wir sind gut zusammen. Wir lieben uns.“

Sie runzelt die Stirn. „Eines Tages, wenn du Vater bist, wirst du's verstehen.“

„Ich gehe nirgendwo hin“, platze ich verzweifelt heraus.

Sie wirft mir einen entschuldigenden Blick, geht rein, die Tür schließt sich leise. Sophie winkt aus dem Fenster. Mein Herz stolpert. Ich winke, kann nicht lächeln.

Ich gehe weg. So viel zu Coopers Rat. May hat sich verschlossen, kein Weg durch ihre Verteidigung.

Alice nippt am Kaffee, mustert mich. Wir sind im Something's Brewing Café, wohin ich sie nach einer schlaflosen Nacht bat, um zu überlegen, wo es mit May schiefging. Es ist schwer, Alice anzusehen, sie ähnelt May so, nur ist sie nicht verschlossen.

„Danke, dass du dich triffst", sage ich.

Sie lächelt. „Klar. Deine Nachricht um vier Uhr morgens klang dringend." Sie zeigt mir meine peinliche SMS: *Brauche Hilfe bei May.* Hab's *vermasselt. Dringend.*

„Wie hast du's vermasselt?", fragt sie sanft.

Ich erzähle von Sophie, dem Film, meiner Entschuldigung, wie May sich für immer verschloss.

Alice nippt am Kaffee. „Sie ist Bärenmama mit ausgeprägtem Beschützerinstinkt."

„Für mich ist es okay, wenn wir uns sehen und Sophie raushalten, wie zuvor."

„Sie hat wohl gemerkt, dass Sophie aus keiner Beziehung rauszuhalten ist. Sophie ist klein, hofft auf einen Daddy."

„Ich weiß, darum sagte ich May, ich gehe nirgendwo hin, und sie ging! Wie komme ich durch ihre Abwehr?"

„Ooh, das ist knifflig. Ehrlich, ihr fällt's schwer, Liebe reinzulassen, weil sie ihren Mann liebte und verlor. Seitdem datete sie nur einmal, ihr Herz war nicht dabei. Als er sie betrog, war es leicht, ihn loszulassen. Aber *du*, dir konnte sie nicht widerstehen. Dass sie dich datete, war ein großes Risiko, ein Kompliment für dich."

„Jetzt widersteht sie mir mühelos", murmele ich.

„Liebst du sie?"

„Ja. Absolut! Sie sagte, sie liebt mich auch." Ich fahre mir durchs Haar. „Liebe reicht wohl nicht."

Alice sieht mitleidig aus. „Es braucht viel, um zu ihr durchzudringen."

„Was schlägst du vor? Ich tue, was nötig ist."

Alice' Augen leuchten, sie setzt ein gefährliches Lächeln auf.

„Was?"

„Versuch' eine große Geste! Dad hat das für Mom gemacht, um sie zu gewinnen. Legendär! Mom redet heute noch davon."

Eine legendäre große Geste?

„Was hat er gemacht?"

Sie wedelt mit dem Finger. „Oh nein. Seine Geste kam aus *seinem* Herzen. Deine muss aus *deinem* kommen. Denk drüber nach. Dir wird schon was Fabelhaftes einfallen."

„Blumen? Süßigkeiten? Schmuck?"

Sie schnaubt. „Das kann jeder. Etwas, das deine Gefühle zeigt."

Ich sitze verwirrt, was Gefühle zeigt, sie steht mit ihrem To-go-Becher auf. „Viel Glück! Ich drück die Daumen."

„Warte! Ich brauch Hilfe."

Sie lächelt gutmütig. „Mason, du hast alles, was du brauchst, hier." Sie tippt aufs Herz.

„Vielleicht sollte ich mit eurem Dad reden."

Sie lacht. „Viel Glück. Er würde lieber nie wieder von seiner Geste hören."

„Aber es hat funktioniert."

Sie schüttelt lächelnd den Kopf, geht zur Tür.

Ich denke an die peinliche Möglichkeit, zu Mays Dad zu gehen, einem nicht gerade warmherzigen Typ. Er würde es seiner Frau erzählen, die es May sagt, und ich verliere das Überraschungselement.

Ich ziehe mein Handy raus, suche nach großen Gesten. Heißluftballon, Himmelsschreiber, Überraschungsreise. Nichts passt. Vielleicht ein Ausflug, aber May eröffnet bald das Inn, und Sophie ist zu bedenken.

Das Inn! Ich springe auf. Ich weiß, was zu tun ist.

May

Ich gieße Pfefferminztee ein, setze mich zu Alice am Küchentisch. Sie kam zum Abendessen, sagte, wir müssten reden, sprach aber meist mit Sophie. Jetzt, da Sophie mit ihrem Feenspielset im Wohnzimmer ist, kann ich Alice' Neuigkeiten hören.

Ich beobachte ihren Ausdruck, schon angespannt. Ich mag keine wartenden schlechten Nachrichten. „Also, was ist los?"

Sie hebt die Hand. „Niemand ist krank oder stirbt."

Ich entspanne mich. „Alles okay mit dir und Charlie?" Ihr Ehemann.

„Ihm geht's super. Ich will über Mason reden."

Ich mache dicht. „Alles, nur nicht er."

„May."

„Alice!"

„Ohne dich ist er elend."

Das erregt meine Aufmerksamkeit. „Woher weißt du?"

„Ich traf ihn im Something's Brewing. Er sah aus, als hätte er eine Woche nicht geschlafen."

„Es ist nicht mal eine Woche. Wir haben uns gerade getrennt. Hat er dir gesagt, dass er sich zwischen mich und Sophie drängte?"

„Ja, und dass er sich entschuldigte."

Ich wärme die Hände an der Tasse. „Ich muss Sophie an erster Stelle setzen. Ich bin alles, was sie hat."

„Sophie hat Familie – mich, Mom, Dad, Tanten, Onkel, Cousins, und Mason, wenn du ihn lässt."

Ich schiebe mich vom Tisch, kippe den Tee ins Spülbecken.

Alice kommt zu mir. „Er könnte das Risiko wert sein. Schieb ihn nicht weg!"

„Du hast keine Kinder", blaffe ich. „Du kannst die Verantwortung nicht verstehen."

Ihre Augen blitzen. „Sophie ist wie meine Tochter. Ich liebte sie, bevor sie geboren war."

Ich schüttle den Kopf. „Das ist nicht dasselbe. Wenn du Kinder hast, reden wir."

„Ich werde keine haben. Das ist eine legitime Entscheidung. Ich bin glücklich, danke. Kannst du das sagen?"

Das sticht. „Sophie macht mich glücklich."

„Ich meine dein Herz. Liebe."

„Sophie ist mein Herz."

Sie seufzt. „Manchmal ist reden mit dir wie mit einer Wand."

„Du hast ihn nicht gehört. Er drängte, Sophie ins Showgeschäft zu bringen, sprach von Agenten. Ich würde ihm zutrauen, trotz meiner Proteste direkt zu ihr zu gehen."

„Hat er aber nicht, oder?"

„Weil ich es beendet habe. So bleibt's. Das Hin und Her ist nicht gut, besonders für Sophie."

„Ich dachte, ihr haltet sie raus."

„Hab ich, aber dann taucht er unangekündigt mit Filmnachrichten und Pizza auf. Sie war wieder begeistert, ihn zu sehen."

„Kluger Keks." Sie drückt meinen Arm. „Wünschte, du wärst es auch."

„Ich bin so klug wie du."

„Nicht bei wichtigen Dingen." Sie wendet sich zum Gehen.

„Männer sind nicht die Antwort auf alles!"

Sie dreht sich zurück. „Natürlich nicht. Aber den richtigen Mann reinzulassen, kann wundervoll sein. May, du leuchtest, wenn du über Mason sprichst, strahlst, nachdem du ihn sahst." Sie hält inne. „Rick hätte gewollt, dass du glücklich bist."

Meine Kehle schnürt sich zu.

Sie küsst meine Wange, segelt zur Tür.

Ich lehne mich ans Spülbecken. Liebe ist zu schwer. Ich dachte, ich wäre bereit, aber die Zukunft ist zu ungewiss. Zu viel Risiko.

Ich sinke auf den Boden, bedecke mein Gesicht, lasse Tränen fallen.

13

———

May

Eine Stunde später schließe ich überrascht meinen Laptop. Ich rufe sofort Alice an. Sobald sie abhebt, sage ich: „Jemand hat das Inn für das gesamte Valentinstag-Wochenende gebucht! Ich hatte null Kunden, und jetzt haben wir nichts mehr frei! Hallo? Bist du da?" Valentinstag ist dieses Wochenende, und ich war so deprimiert, dass ich kein Zimmer vergeben hatte. Ich kann's nicht glauben.

„Sorry, ich bin nur überrascht", sagt sie. „Wer würde das ganze Inn buchen?"

„Jemand, der Privatsphäre will. Vielleicht eine Berühmtheit. Ich weiß nicht. Ich bekam eine E-Mail von einer Assistentin."

„Das ist toll!"

„Ich weiß! Ich kann's nicht glauben. Ich hatte solche Sorgen, dass ich die Kosten nicht reinholen und den Cashflow nicht starten könnte. Es gibt immer unerwartete Ausgaben, und ich wollte nicht zu viel von der Lebensversicherung nehmen."

„Gratuliere!"

Wir verabschieden uns schnell, da ich viel zu tun habe. Alles muss perfekt sein.

Ich tanze kurz, mache mich an die Arbeit, hole Bettwäsche für die Gästezimmer.

Im ersten Zimmer halte ich inne. Der Drang, Mason die guten Neuigkeiten zu erzählen, ist so stark, dass ich fast mein Handy ziehe. Aber ich kann nicht. Ich hab das Recht verloren, als ich ihn weggestoßen habe. Ich hatte einen guten Grund, aber trotzdem. Ich muss mit der Entscheidung leben.

Mein Glück über die Buchung schwindet. Ich mache weiter, beziehe das erste Bett.

Nachdem ich das Inn vorbereitet habe, falle ich erschöpft aufs Sofa. Adrenalin hielt mich am Laufen. Ich hab schlecht geschlafen, weil ich Mason vermisse. Das Haus ist ausnahmsweise ruhig. Sophie ist bei einer Freundin zum Spielen.

Es klingelt, ich schieße hoch, mein Herz klopft. Ich sehe an meinen Waschtagsklamotten herunter. Egal. Es ist nicht Mason. Das ist vorbei.

Ich öffne die Tür, sofort angespannt. Madison, Masons Mom. Ich schwöre, wenn sie mir nochmal sagt, ich soll mich fernhalten, flippe ich aus. Ich halte es gerade so aus und warte, dass dieser schreckliche Schmerz und die Sehnsucht endlich nachlassen. Ich fürchte, das tun sie nie.

Sie nimmt ihre Strickmütze ab, ihr Haar ganz zerzaust. „Hi, May, was dagegen, wenn ich reinkomme?"

Das *ist* ein anderer Ton als beim letzten Besuch. Ich trete zurück, lasse sie rein.

Sie atmet tief aus. „Ist Sophie hier?"

Ich verschränke die Arme. „Nein, sie ist bei einer Freundin."

„Ich mag sie. Sie ist ein Kracher."

„Danke!"

Sie schaut überallhin, nur nicht zu mir. Schließlich sagt sie: „Ich wollte mich entschuldigen, dass ich dich vor Mason gewarnt habe. Wir können doch du sagen, oder? Es war falsch, mich zwischen euch zu stellen. Er ist erwachsen, weiß, was er will."

„Okay", sage ich langsam. *Hat Mason ihr nicht* gesagt, *dass wir Schluss gemacht haben?* „Danke fürs Kommen. Ich war gerade –"

„Mein Junge ist jetzt so elend. Sein Dad sagt, er hat ihn bei der Arbeit noch nie so niedergeschlagen gesehen. Er macht dumme Fehler, hat dunkle Ringe unter den Augen, lächelt kaum. Das ist nicht Mason."

Ich schweige, sie fährt fort: „Er konnte nicht aufhören, von dir und Sophie zu reden. Ich dachte, er will nur seinen Dad und mich überzeugen, aber jetzt sehe ich, er war wirklich glücklich, verliebt, wahrscheinlich zum ersten Mal. Du bist alles, was ich für ihn will. Stark, beschützend, freundlich. Er erzählte, was für eine tolle Mom du für Sophie bist."

Meine Augen werden heiß. „Und jetzt bist du hier, um mir zu sagen, ich soll mit Mason zusammen sein?"

Sie spricht düster: „Ich sage es nicht. Ich flehe dich an. Ich weiß nicht, warum ihr euch getrennt habt, aber er liebt dich. Bitte. Sprich mit ihm. Ihr kriegt das hin. Sein Dad und ich unterstützen euch als Paar zu hundertzehn Prozent."

Ich schüttle den Kopf. „Madison, deine Einmischung hatte keinen Einfluss auf unsere Beziehung. Das war immer zwischen mir und Mason. Aber danke für die Entschuldigung."

Sie mustert mich. „Du hast auch dunkle Ringe unter den Augen."

„Danke! Auf Wiedersehen!" Ich öffne die Tür.

Sie seufzt, geht hinaus.

Ich schließe die Tür, umarme mich fest. Es tut weh, über Mason zu reden, an ihn zu denken. Eine Träne entkommt, ich wische sie weg. Zeit wird den Schmerz heilen, aber ich fürchte, ich komme nie ganz über ihn hinweg. Ich weiß, Liebe macht das. Die Person wird Teil deines Herzens.

Ich bin stark. „Ich kann mit diesem Verlust umgehen." Ich gehe zum Sofa, schlage ein Kissen, breche in Tränen aus. Liebe ist den Schmerz vielleicht nie wert.

∼

Mason

Ich überdenke meinen Plan für die große Geste. Es ist ein großes Risiko, und wenn ich scheitere, gibt's Zeugen. Ich habe mir heute freigenommen, um alles vorzubereiten. Jetzt, da es fertig ist, zweifle ich. Ich gehe im Wohnzimmer auf und ab, überlege, wem ich mich anvertrauen kann. Die einzige Person ist der Mann mit der legendären großen Geste – Mays Dad. Es hat bei ihm funktioniert und seine Frau redet immer noch davon. Ich muss wissen, was er getan hat, um zu sehen, ob ich zu weit gehe.

Ich klingele bei ihm. Es ist Nachmittag, aber er ist im Ruhestand. Er öffnet, gekleidet in einen Jogginganzug, AirPods in den Ohren.

„Hey, Mason, ich wollte laufen. Liz, May und Sophie sind Schuhe für Sophie kaufen. Teamarbeit für Mays geistige Gesundheit."

„Das kann ich mir vorstellen."

„Sophie hat einen ungewöhnlichen Geschmack. Muss praktisch für den Alltag sein." Er tritt auf die Veranda, schließt die Tür. „Ich sag May, dass du hier warst."

Er klingt locker. Weiß er, dass wir Schluss gemacht haben?

„Eigentlich will ich mit Ihnen reden."

Seine Brauen schießen hoch. „Mit mir?"

„Ja."

„Komm, laufen und reden."

Ich mag nicht laufen an schönen Tagen, geschweige denn im kalten Februar. Aber hab ich eine Wahl? Ich hab seine Routine unterbrochen, muss wissen, was er tat, das so erfolgreich war.

Er läuft zügig, ich halte mit. Er rennt zur Highschool, einen Hügel rauf. Großartig!

„May erzählte, ihr habt Schluss gemacht", sagt er.

„Weil sie nicht bereit war, mich mit Sophie in ihrem Leben zu haben, aber ich bin bereit. Ich liebe sie, bin offen für was Festes."

Er hebt eine Braue.

Wir laufen den Hügel rauf, steiler, als er aussieht. Ich

wünschte, er würde antworten. Vielleicht muss er zu Atem kommen.

Oben sagt er: „Bittest du um Erlaubnis, meine Tochter zu heiraten? Das musst du mit ihr besprechen." Er läuft hinter der Schule entlang, ich folge. Er ist nicht mal außer Atem.

„Nein, das wollte ich nicht reden."

Bergab, viel einfacher.

„Was dann?", fragt er.

„Ich hab May meine Meinung gesagt, dass Sophie im Film meiner Tante mitspielen könnte, und May machte dicht. Sie will nicht, dass ich eine Meinung über Sophie habe, obwohl ich nur sagte, es könnte Spaß machen, und sie meiner Tante vertrauen kann, die den Film produziert."

„Davon hörte ich. Sie war *sauer*. Du hast gelernt, dich nie zwischen Mutter und Tochter zu stellen. Hast du um Gnade gewinselt?"

„Ähm, ich glaube. Ich hab mich entschuldigt, erklärt."

Er deutet mir, ihm zu folgen. „Nochmal die Hügelschleife. Gutes Training."

Ich ächze innerlich, folge.

„Das ist kein Um-Gnade-Winseln", sagt er. „Das ist, wenn du was tust, um zu zeigen, wo du stehst."

„Taten sprechen lauter als Worte."

„Genau."

„Ich hörte, deine große Geste für deine Frau war legendär. Was war es?"

Er wird rot. „Bleibt in der Familie."

„Bitte, ich hab diese Sache mit dem Inn und Happy Endings geplant, fürchte, es fliegt mir um die Ohren. Wenn ich wüsste, was du getan hast, könnte ich prüfen, ob meine Idee zu übertrieben ist."

Er lacht. „Du klingst so verzweifelt wie ich, als ich eine große Geste suchte. Der Typ, zu dem ich ging, war keine Hilfe. Ich bin besser. Hier ist das Geheimnis."

Wieder den Hügel hoch!

Er hebt einen Finger. „Erstens, ein Geschenk." Noch ein

Finger. „Zweitens, Worte von Herzen. Das bedeutet Frauen viel."

Das klingt täuschend einfach, weniger als mein Plan. „Was für ein Geschenk?"

„Meins funktioniert bei dir nicht. Muss deins sein."

Nicht hilfreich!

Toll, jetzt ein Krampf in der Seite. Wie oft müssen wir den Hügel rennen, bis er mir sagt, was ich wissen muss?

„Du sagst es mir nicht?", frage ich.

„Wenn du zur Familie gehörst, wirst du's wissen." Er zwinkert.

Trotz Schmerzen in Körper und Herz lächle ich leicht. Er hofft, ich gehöre eines Tages zur Familie. Jetzt muss ich May an Bord holen. Ich brauche das perfekte Geschenk, die perfekten Worte. Wie schwer kann das sein?

May

Ich lasse mich aufs Sofa fallen. Valentinstag, Gäste kommen bald zur Check-in-Zeit um 16:00 Uhr. Ich trage ein Blumenkleid, Strickjacke, hoffentlich professionell. Sophie hat ein selbst gewähltes Outfit, das funktioniert. Okay, sie trägt ein Strass-Diadem, aber das pinke Kleid, weiße Strumpfhose, schwarze Lackschuhe passen. Es hätte schlimmer sein können, ich wollte keinen Streit.

Ich hab die Woche damit verbracht, alles perfekt zu machen. Es gibt nichts mehr zu tun, außer auf die Gäste zu warten und die beste Gastgeberin zu sein. So aufregend! Als ich letztes Jahr die Idee hatte, mein Erbe in ein Inn zu stecken, schien es weit weg. Jetzt passiert es!

Sophie wirbelt voller Energie durchs Wohnzimmer, trotz ganztägigem Kindergarten. Sie wirft die Arme hoch. „Ich bin so aufgeregt!"

„Ich auch." Ich überlege, ihr zu sagen, sie solle Energie für die Gäste sparen, aber sie wäre dann müde. „Denk dran, ich kümmere mich um die Gäste, deine Aufgabe ist …"

„Willkommen im Serenity Inn sagen." Sie schnappt eine Broschüre aus dem Plastikhalter auf dem Tisch. „Und ihnen eine Broschüre geben." Sie kichert.

„Was ist so lustig?"

Sie lächelt geheimnisvoll, etwas verbergend. Oh nein! Macht sie was Unangemessenes mit den Gästen?

„Sophie?"

„Ich brauch eine Safttüte!" Sie rennt in die Küche.

Es klingelt, ich schieße hoch. Eine halbe Stunde zu früh! Ich kann sie jetzt einchecken. Alles bereit. Ich übe mein Begrüßungslächeln, eile zur Tür, stoße fast mit Sophie zusammen.

„Mach auf!", ruft sie. In ihrer Begeisterung kippt sie die Safttüte, Saft läuft über ihre Hand.

„Schnell, leck deine Hand! Kein Saft auf dem Boden."

Ich öffne die Tür. Adrenalin schießt durch mich. Mason! Schick gekleidet, hält einen schwarzen Plastikkoffer mit roter Schleife in der Hand. Werkzeug?

Sophie klatscht. „Ist das für mich?"

„Nein, für deine Mom. Hol deine drei besten Plüschtiere von oben, okay?"

Sie kichert. „Okay."

Sorge sickert in mich. Hat Mason was mit ihrem geheimen Lächeln zu tun?

„Hast du was mit Sophie hinter meinem Rücken ausgeheckt?", verlange ich zu wissen.

„Nein, aber sie weiß, dass ich einen Plan habe, weil ich es deinem Dad erzählt habe."

Meine Augen weiten sich. „Meinem Dad?"

„Ja."

Ich starre auf den Werkzeugkasten, dann auf ihn. „Worum geht's? In einer halben Stunde kommen Gäste. Volles Haus. Was auch immer dein Plan mit dem Kasten ist –"

„May, *ich* hab das Inn fürs Wochenende gebucht. Jedes Zimmer."

„Was! Moment, hast du eine Assistentin?"

„Das war meine Cousine, die sich als Assistentin ausgab."

Ich starre ihn an. „Warum?"

Ein Mundwinkel hebt sich. „Teil meiner großen Geste. Du kannst dein Inn mit einem Knall starten, und wir haben das Haus für uns."

„Mason, wir haben Schluss gemacht."

„Darum diese große Geste, hoffentlich legendär."

O mein Gott! Er sprach mit Dad über seine legendäre Geste. Ich würde lachen, wenn ich nicht so baff wäre. Ich dachte, es ist vorbei. Ich dachte, ich hab's ruiniert. Aber er gibt sich Mühe.

Er reicht mir den Koffer. Ich halte ihn ungeschickt. Er ist schwer.

Er öffnet die Schlösser, zeigt es mir. „Ein Reifenwechsel-Kit und Pumpe, damit du und Sophie nie Angst haben müsst, liegenzubleiben. Hier ist ein hydraulischer Wagenheber, hebt das Auto leicht, und die Pumpe füllt den Reifen schnell. Steckst es in eine 12-Volt-Steckdose in deinem Auto."

Ich verkneife ein Lächeln. Typisch Mason, Autozubehör als große Geste. „Hab ich eine 12-Volt-Steckdose?"

„Ja, ich zeig's dir." Er deutet auf ein Werkzeug. „Das ist ein Schraubenschlüssel, für die Radmuttern. Wir können üben, so oft du willst."

Ich schließe den Koffer. „Danke!"

Sein Gesicht wird ernst. „Ich setze mich für eure Sicherheit ein. Ich will euch beide beschützen."

„Das ist nicht –"

„Hör zu." Er zieht ein gefaltetes Papier aus der Gesäßta-sche, entfaltet es, räuspert sich. „May, ich liebe Kompliziertes. Ich liebe dich. Ich bin bereit, mich dir und Sophie zu verpflichten. Niemandem wird das Herz gebrochen, außer mir, wenn du nicht Ja sagst."

Mein Herz sitzt in der Kehle. *Macht er einen Antrag?*

Sophie rennt mit einem Arm voller Plüschtiere runter. „Ich konnte mich nicht für drei entscheiden, also hab ich viele mitgebracht. Was war das Geschenk?"

„Mason gab mir ein Reifenwechselset für unsere Sicher-heit", antworte ich.

„Das kommt von Herzen", sagt er feierlich. „Ein Liebesgedicht."

Sophie kichert.

Mason wirft ihr einen finsteren Blick, fährt fort: „Ich wusste nicht, was mir fehlt, bis ich dich fand, May. Mit dir fühle ich mich ganz, und wenn nicht, denke ich nur daran, wieder bei dir zu sein. Deine Schönheit, Intelligenz, Freundlichkeit ..." Er sieht Sophie an, faltet das Papier. „Da sind private Dinge, die ich dir später sage. Es würde mich zum glücklichsten Mann machen, wenn du mich heiratest."

Mein Herz hämmert, die Welt verschwimmt. Ich bin unter Schock.

14

———

May

Sophie klatscht. „Tante Alice hatte recht! Der Funke hat funktioniert!"

Die Realität kehrt zurück. „Mason, i-ich weiß nicht, was ich sagen soll. Ich bin so *überrascht*!"

Er kniet nieder, hält einen Diamantring hoch. „Wir können lange verlobt bleiben, wenn du willst. Du sollst wissen, dass ich voll dabei bin. Ich liebe dich, May, jetzt und für immer. Lass mich Teil von deinem und Sophies Leben sein. Die besten Mädchen, die ich je traf."

Sophie strahlt, ich auch, weil er sich uns beiden verpflichtet, und das bedeutet alles. Das Hin und Her war nur, weil ich meine Tochter schützte. Okay, und mein Herz. Aber ich kann ihm nicht mehr widerstehen.

„Ja!", rufe ich.

„Juhu!", schreit Sophie.

Er schiebt den Ring auf meinen Finger, steht auf, zieht mich in seine starken Arme, umarmt mich fest.

Ich lehne mich zurück, sehe ihn an. „Ich liebe dich."

„Ich liebe dich auch. May, du hast mich so glücklich gemacht."

Sophie umarmt unsere Beine fest. „Ich liebe dich auch!"

Mason hebt sie hoch. „Bist du auch glücklich?"

Sie nimmt sein Gesicht, starrt ihm in die Augen. „Ja!"

Er schmunzelt. „Dann okay." Er stellt sie ab. „Ich hab auch ein Geschenk für dich." Er holt eine kleine Schachtel aus der Gesäßtasche.

Sophies Augen leuchten, sie streckt die Hand aus. Er gibt sie ihr, sie öffnet sie. „Oh!" Eine goldene Halskette mit Granatherz-Anhänger. Ihr Geburtsstein.

„Jedes Mal, wenn du die Kette trägst, denk dran, dass ich für dich da bin, egal was."

Meine Augen werden feucht. Mason legt den Arm um mich, küsst meine Schläfe. Dieser Mann! Dieser wundervolle Mann!

„Wow", haucht Sophie. Sie reicht mir die Kette. „Mommy, leg sie mir um!"

Ich streiche ihr Haar über eine Schulter, schließe den Verschluss.

„Bester Valentinstag überhaupt!", sagt Sophie. Sie umarmt seine Beine, tritt zurück und betrachtet lächelnd ihre Kette

Ich umarme Mason, küsse ihn. „Bist du sicher, dass du bereit bist?"

„Wenn ich unsere Zukunft sehe, sehe ich nur Glück."

Ich flüstere ihm ins Ohr: „Kleine Mädchen sind nicht nur Sonnenschein. Nur zur Warnung."

„Hey, das ist niemand. Ich hör auf dich bei Sophie."

Wir schauen zu Sophie, die vor dem Fenster steht, das Licht auf ihren Granatstein glitzern lässt.

Ich lege die Arme um seinen Hals. „Mit der Zeit lernen wir, sie gemeinsam zu erziehen. Sie wird sich über die Jahre verändern. Ich freu mich, diese Reise mit dir zu teilen."

Er atmet aus. „Ich bin so froh, dass du Ja gesagt hast. Wir können uns so viel Zeit nehmen, wie du brauchst, bevor wir den nächsten Schritt machen."

„Klingt gut."

„Zeit für die Jacke!", ruft Sophie.

Ich löse mich von Mason, sehe, wie Sophie ihre Jacke vom Haken nimmt, auf den Boden legt, die Arme in die Ärmel

steckt, sie über den Kopf wirft. Kindergarten-Trick. Sie
kämpft mit dem Reißverschluss.

„Sophie, wohin gehst du?", frage ich.

„Zum Tanz."

Mason küsst meine Wange. „Ich hoffte, du sagst Ja, also
treffen wir unsere Familien beim Clover Park Valentins-
tagstanz."

„Wusstest du, dass ich seit meiner Kindheit zu diesem
Tanz gehe?"

Er nickt. „Dein Dad hat es erzählt. Wir haben ein paarmal
gesprochen, alles geplant. Ursprünglich dachte ich, wir gehen
nach dem Antrag ins Happy Endings, aber der Tanz ist eine
Familientradition, also schien es richtig."

„Wow, das war ein Risiko. Was, wenn es nicht so lief, wie
du dachtest?"

„Dein Dad versicherte, mit einem Geschenk und Worten
von Herzen kann ich nichts falsch machen. Das tat er."

Mir klappt die Kinnlade runter. „Woher wusstest du, ihn
nach großen Gesten zu fragen?"

„Alice sagte, er machte eine legendäre Geste, um deine
Mom zu gewinnen. Sie traf sich mit mir auf einen Kaffee, weil
ich fragte, wie ich dich zurückgewinne."

Ich schüttle den Kopf. „Ich kann nicht glauben, dass das
alles passierte, und niemand piepte. Nicht mal du, Sophie.
Wie hast du das geheim gehalten?"

Sie lächelt breit. „Ich werde Blumenmädchen, aber nur,
wenn ich still bin, damit du dein Herz hörst und Ja sagst.
Stimmt's, Mason?"

Mason reckt die Brust. „Genau. Deine Mom musste es
zuerst von mir hören." Er sieht uns an. „Bereit für den
Tanz?"

„Jaaa!", ruft Sophie. Er gibt ihr High-Fives, beide drehen
sich erwartungsvoll zu mir.

„Mein Wochenende hat sich dank dir geöffnet. Ich bin
immer noch baff, dass du das ganze Inn gebucht und das
geplant hast!"

Er nimmt meinen Mantel vom Haken, hilft mir rein. „Gott

sei Dank, dass du Ja sagtest. Bereit für den nächsten Teil unseres Lebens?"

Ich nicke, pure Freude sprudelt auf. Ich könnte schweben.

Er nimmt meine Hand, Sophie die andere.

„Bereit", sagen Sophie und ich zusammen. Ich kann nicht aufhören, zu lächeln.

Mason

Ich öffne die Tür zum Tanzstudio, wo der jährliche Tanz stattfindet, beuge mich rein, rufe: „Sie hat Ja gesagt!"

Applaus bricht aus, Pfiffe, Jubel. Meine Familie ist verrückt auf die beste Weise. Ich lasse May und Sophie zuerst rein. Der Raum ist mit silbernen, goldenen Luftschlangen, Glückwunschballons dekoriert. Alice plante die Deko.

Eine Jazzband beginnt auf einer kleinen Bühne jenseits der Tanzfläche. Rechts ein Buffet- und Getränketisch, vom Happy Endings gecatert. Cool, dass Happy Endings früher Mays Familie gehörte, jetzt meiner. Schicksal.

„Ach, ihr!", ruft May, Hand aufs Herz. Der Diamantring funkelt im Licht. „Ich kann nicht glauben, dass ihr das geplant habt, ohne dass ich was wusste!"

Alice kommt zu uns. „Der Schlüssel war, Sophie zu bestechen." Sie gibt Sophie einen Cakepop mit weißem Zuckerguss und rosa Herz.

„Bester Valentinstag überhaupt", sagt Sophie, beißt rein.

„Gratuliere!", sagt Alice, umarmt May, dann mich. Sie sieht zu mir. „Ich hab dir die Daumen gedrückt."

„Sehr dankbar dafür."

Mays Eltern kommen, gratulieren. Ihr Dad schüttelt meine Hand, flüstert: „Scheint, mein Rat hat funktioniert. Gratuliere!"

Ich lächle. „Hat er."

„Ich wusste es von Anfang an", sagt ihre Mom breit lächelnd. „Ich wusste, du bist der Richtige für sie und Sophie."

„Danke", sage ich.

„Mom, woher wusstest du?", fragt May.

Sie deutet zwischen uns. „Wie ihr euch angesehen habt, wie gut er mit Sophie umgeht, und er ist locker. Muss man sein, um mit dieser Familie klarzukommen. Sieh, wie er meinen Überraschungsbesuch bei seiner Arbeit weggesteckt hat."

Ich schmunzle. „Fühlte mich definitiv ausgecheckt."

„Und du hast bestanden." Ihre Mom umarmt mich. „Willkommen in der Familie!"

„Danke!"

Ihr Dad nickt mir zu. „Was hast du ihr geschenkt?"

May schmunzelt. „Ein Reifenwechsel-Set, damit Sophie und ich sicher sind. Es ist hydraulisch, nutzt eine Volt-Sache im Auto."

Ihr Dad verbirgt ein Lächeln. „Perfekt."

„Aber ist es legendär?", frage ich.

„Die Zeit zeigt's", sagt ihr Dad.

„Ich werde mich immer erinnern", sagt May. „Voller Bedeutung vom Herzen eines Autoliebhabers."

„Stimmt." Ich wende mich ihrem Dad zu. „Da ich jetzt Familie bin, was war deine legendäre Geste?"

Er schnappt zwei Champagnergläser von einem Kellner. „Lasst uns auf das glückliche Paar anstoßen!", sagt er über den Lärm. Er reicht seiner Frau ein Glas, der Bandleader gibt ihm ein Funkmikrofon.

„Geschickt", sage ich.

„Ich erzähl's dir später", flüstert May mir ins Ohr.

Alle haben Champagner, Sophie Sprudelwasser. Mays Dad hebt sein Glas. „Liz und ich heißen Mason in der Familie willkommen. Er hat sich als Mann nach meinem Geschmack erwiesen."

„Aww", sagt Mays Mom, beugt sich zum Mikro. „Dem stimme ich zu! Jetzt bekommen wir einen weiteren Sohn!"

Meine Mutter schreit: „Er ist mein Sohn!" Sie zerrt Dad mit, stellt sich neben Mays Eltern.

„Er wird euer Schwiegersohn", sagt Mom. Sie hebt ihr

Glas für ihren Toast, gestikuliert zum Mikrofon. Mays Dad gibt es ihr ohne Murren. „May und Sophie, willkommen in unserer Familie! Nochmal: Sorry für meine unerwarteten Gespräche, May. Du verstehst."

Mackenzie und Harper gesellen sich zu Mom und Dad. Mackenzie zieht das Mikro. „Wir bedauern auch jegliche Verrücktheit. Hoffe, die Entschuldigungs-Donuts schmeckten."

„Ich verzeihe euch allen!", brüllt May.

Mom lächelt, nimmt das Mikro zurück. „Ich hoffe, wir schaffen keine Verwirrung mit den *M*-Namen."

Meine Brüder, Michael, Maddox, Miles, lachen.

„Im Ernst", sagt Mom. „Ich freue mich für euch und besonders für Sophie, ein Mädchen nach meinem Geschmack. Verlier nie den Kampfgeist, Sophie."

„Ich kämpfe nicht", sagt Sophie.

„Du hast Temperament", sagt Mom. „Ich bring dir bei, dich zu verteidigen, damit du nicht kämpfen musst. Ich hab den schwarzen Gürtel."

„Oh", sagt Sophie, läuft zu Mom. „Hast du meine Kette gesehen?" Sie zeigt den Herzanhänger.

„Auf May und Mason!", sagt Dad, während Mom sich hinkniet, Sophies Kette anschaut.

„Cheers!", sagt Mays Mom.

„Cheers!", sagt Sophie.

May und ich gehen herum, ich stelle sie meiner Familie vor, sie mich ihrer. Sie traf viele auf Shaylas und Owens Hochzeit, aber wie sie sagt, war es ein Wirbel von Gesichtern. Ich treffe erstmals ihre erweiterte Familie. Überraschend, dass der jüngere Bruder ihres Vaters die jüngere Schwester ihrer Mutter heiratete. Brüder heiraten Schwestern, bleibt in der Familie.

Ihr Onkel Shane und seine Frau Rachel führen Shane's Sweets und Something's Brewing Café, Rachel auch Book It. Ich sah sie wegen ihrer Geschäfte, wusste nicht, dass sie mit May verwandt sind. Ich frage mich, warum es so lang dauerte, bis May und ich uns trafen, da wir dieselben Leute kennen, ich oft in Clover Park bin.

Tante Hailey kommt mit einem großen, bärtigen Typ, den ich nie sah. „Gratuliere!" Sie umarmt mich, dann May. „Ich wusste es vom ersten Moment, als ich euch zusammen sah."

„Danke", sage ich.

May sieht mich an, fragt stumm: Woher wusste sie?

„Sie ist der Love Junkie", sage ich.

Tante Hailey lacht. „Natürlich würde ich eure Hochzeit gern planen. Sagt, was ihr wollt, ich sorge dafür."

„Etwas Kleines", sagen May und ich fast gleichzeitig.

„Seht ihr? Volltreffer", sagt Tante Hailey. „Das ist Cal Davis. Er übernimmt Gabe Reynolds' Kanzlei in der Stadt."

Während May und ich ihm die Hand schütteln, winkt Tante Hailey Mackenzie und Harper her.

Mackenzie umarmt May. „Gratuliere! Nochmal: Sorry für das eine Mal."

„Vergeben, vergessen", sagt May.

Harper umarmt May, beide Cousinen küssen meine Wange, gratulieren.

„Mackenzie, Harper, das ist Cal Davis, neuer Anwalt", sagt Tante Hailey. „Er spielte in der Minor League."

Mackenzie mustert Cal mit funkelndem Blick. Harper bemerkt es, flüstert ihr was zu, Mackenzie schaut weg.

„Welche Position?", frage ich Cal.

„Catcher. Zu hart für die Knie. Dann Jurastudium, Erfahrung in der City, jetzt bereit, meine Kanzlei zu leiten. Ich mag Kleinstädte. Komme aus einer in Minnesota."

Tante Hailey wackelt mit dem Finger zu Mackenzie und Harper. „Keine dummen Ideen wegen des neuen Single-Typen. Er ist ein Playboy. Nicht die Heiratssorte."

Harper hebt die Hände, tritt zurück. Mackenzie beugt sich vor.

„Eher Baseballplayer", murmelt Cal verlegen.

„Seine Freundin, mit der er zusammenlebte, trennte sich, weil er sich nicht zur Ehe verpflichten wollte", fügt Tante

Hailey hinzu. „Amüsiert euch! Komm, Cal, ich stelle dich vor."

„Ich mach das, Mom", sagt Mackenzie unschuldig.

Tante Hailey lächelt verkrampft. „Ich versprach, ihm zu helfen, sich einzuleben. Wir schaffen das. Richtig, Cal?"

Mackenzie gibt nicht auf. „Ich stell ihn den Leuten unter vierzig vor, da er eindeutig unter vierzig ist."

Cal schaut zwischen ihnen hin und her, unsicher.

Die Musik wechselt zu einem langsamen Song.

Tante Hailey seufzt. „Okay, aber tanz nicht langsam mit ihm. Das Letzte, was ich brauche, ist, dass meine Tochter sich zu einem Playboy hingezogen fühlt. Nichts für ungut, Cal."

Cal nickt stumm. Er will keinen schlechten Start bei einer einflussreichen Person.

Mackenzie neigt den Kopf, Cal folgt ihr. Sie hält auf der Tanzfläche, schlingt die Arme um seinen Hals.

Tante Hailey wirbelt fröhlich zu uns. „Er ist kein Playboy. Hab's noch drauf." Sie wendet sich Harper zu. „Was ist mit dir und dem netten Nathan?"

„Nett?", würgt Harper fast.

„Ja", sagt Tante Hailey. „Holen wir ihn."

Harper zeigt durch den Raum. „Onkel Josh will langsam mit dir tanzen."

Tante Hailey glättet ihr Haar. „Das ist seine einzige Tanzart. Ich geh besser. Es ist Valentinstag."

Sie eilt zu einem überraschten Josh. Er macht mit, führt sie auf die Tanzfläche.

Ich will mit meiner Verlobten tanzen. Ich sehe May an, die nach Sophie schaut, die aufgeregt mit meiner Cousine Viv redet. Viv und Sophie rockten die Tanzfläche auf der Hochzeit. Ich deute auf Sophie, May entspannt sich, legt einen Arm um mich, lehnt sich an. Ich hebe ihr Kinn, küsse sie. Wir trafen uns zur richtigen Zeit. May war bereit, ihr Herz zu öffnen, ich, Ehemann und Vater zu sein. Dachte nicht, dass ich so bald da bin, aber mit May und Sophie fühlt es sich richtig an.

„Tanzen?", frage ich.

Sie nickt lächelnd. Ich nehme ihre Hand, führe sie auf die Tanzfläche, ziehe sie an mich und fange an, sie langsam zu wiegen. Sie fühlt sich gut an, duftet gut. Verlangen regt sich.

Andere Paare tanzen um uns. Viv und Sophie erscheinen neben uns. Viv wirbelt Sophie nach links, rechts.

„Kann Viv heute auf mich aufpassen?", fragt Sophie.

„Du gehst zu Grandma und Grandpa", sagt May.

„Du kannst ein andermal auf mich aufpassen", sagt Sophie zu Viv. „Alle müssen abwechseln."

„Ist das so?", fragt Viv, wirft mir einen komischen Blick. Ich glaube, sie bat nicht darum, auf Sophie aufzupassen.

„Sie ist sehr beliebt", sage ich.

Sophie nickt eifrig. „Ich hab Durst auf Punsch. Komm." Sie zieht Viv von der Tanzfläche.

May wirft mir ein sexy Lächeln zu. „Ein ganzes Wochenende allein!"

„Ich hab das beste Zimmer im besten Inn der Stadt reserviert."

„All das", sie deutet um uns, „wäre viel gewesen, rückgängig zu machen, wenn ich nicht Ja gesagt hätte."

„Aber du hast. Eine große Geste zählt nicht, wenn man nicht alles riskiert. Dein Dad sagte das, und es funktionierte bei ihm. Kluger Kerl."

Wir schauen zu ihren Eltern, die langsam tanzen, einander in die Augen blicken.

„Nach all den Jahren immer noch verliebt", sagt May.

„So sind wir auf unserer fünfzigsten Hochzeitstagsfeier und allen dazwischen."

Sie sieht mich mit Liebe an. „Wann können wir ins Inn?"

Ich lächle, ziehe sie an mich. „Mir gefällt, wie du denkst. Nach dem Kuchen. Sophie durfte ihn aussuchen."

„Bitte sag, kein *Twinkle Fairies*-Kuchen."

„Du wirst sehen."

Nach dem Tanz bitte ich Cooper, den Kuchen früher zu bringen. Es ist meine Verlobungsnacht, ich will May für mich.

Cooper schiebt den Kuchen auf einem Wagen rein.

„Neunstöckiger Schokoladenkuchen mit Ganache, Schokoraspeln", sage ich.

May keucht. „Ich liebe ihn jetzt schon!"

„Sophie sagte, du bist Schokoholikerin."

„Schuldig."

Ich schneide ein Stück, gebe ihr zuerst, dann Sophie, dann mir. Sophie lächelt mich anbetend an. Ich könnte mich daran gewöhnen. Mädchen sind netter als Jungs. Meine Brüder und ich waren in ihrem Alter Hölle. Ich kann mir nicht vorstellen, dass Sophie je anders ist als ihr süßes Selbst.

Ich sehe May und Sophie zu, ihre Gesichter glückselig. Sophie hat Schokolade im Gesicht, weil sie Schokostückchen für später ableckt, an den Rand legt.

Nach dem Essen seufzt May über eine verschmierte Sophie.

„Ich mach das", sagt Mom, hält ein feuchtes Papiertuch bereit. *Woher wusste sie?*

Sie reinigt Sophies Gesicht effizient.

„Lass uns tanzen!", sagt Sophie, macht Hampelmänner. „Sag der Band, sie soll laut spielen!"

„Zuckerhoch", sagt May.

Mom scheucht uns weg. „Genießt eure Verlobungsnacht im Inn. Ich kümmere mich um Sophie, wie alle hier. Wenn der Zuckercrash kommt, gebe ich sie den Großeltern. Macht mich das zur Grandma?"

„Wunderbar", sagt May. „Ihre anderen Großeltern leben auf Hawaii, wir sehen sie selten."

Sophie versucht ein Rad, stößt fast gegen jemanden.

Mom lächelt. „Endlich Grandma! Vier erwachsene Söhne, keine Enkel. Gute Arbeit, Mason."

„May verdient Anerkennung für Sophie", sage ich.

„Aber du hast sie gewonnen. Gefiel dir das Reifenwechsel-Kit?", fragt sie May.

„Ja, sehr nett."

„Ich hab auch eins, funktioniert super! Viel besser als Handkurbeln. Zzzip, Wagen oben, bereit, Reifen zu wechseln oder aufzupumpen. Ich lernte viel über Autos von meinem Mann. Praktisch Mechanikerin."

Ich küsse ihre Wange. „Bye, Mom. Danke, dass du auf Sophie aufpasst."

Sophie rennt auf der Stelle.

May lächelt. „Ja, danke."

Mom schnappt May in eine heftige Umarmung. May stößt einen überraschten Atemzug aus. Mom lehnt sich zurück, klopft Mays Schulter. „Du kannst mich Mom nennen. Dachte immer, eine Tochter wäre interessant."

„Ich versuch, dem gerecht zu werden, Mom", sagt May.

Mom wischt sich die Augen. „Verdammte Allergien!"

„Im Winter?", necke ich.

Sie sieht mich mit schmalen Augen an, beugt sich zu Sophie. „Lass uns die Band bitten, schnelle Songs zu spielen, damit wir tanzen können."

Sophie nimmt Moms Hand, hüpft neben ihr. Ein Mädchen mit offenem Herzen.

Ich nehme Mays Hand, küsse die Handfläche. „Jetzt ist unsere Zeit."

Sie küsst mich, wendet sich der Menge zu. „Bye, alle, danke!"

Alle reden weiter.

Ich klopfe mit einer Gabel ans Glas. „Wir gehen. Danke fürs Kommen! May und ich haben eine Valentinstagsreservierung im besten Inn der Stadt. Das Serenity Inn ist offen. Sagt's weiter!"

May drückt meinen Arm. „Nicht der Zeitpunkt fürs Geschäft."

„Wir müssen's verbreiten! Das ist die Klatschzentrale, meine Familie liebt Vorschläge."

Ich hebe sie in meine Arme, gehe zur Tür. Sie drückt den Kopf an meine Brust, über meinem tosenden Herzen.

~

May

Mein Kopf dreht sich von heute Abend. Mason war die Berühmtheit hinter der Buchung, einer Verlobung, einer Feier, jetzt haben wir die Nacht allein. Wie ein Traum!

Zurück in meinem Haus hilft Mason mit meinem Mantel. Ich drehe mich, lächle ihn an.

Er zieht seinen Mantel aus, erwidert es. „Du siehst glücklich aus."

„Bin ich. Ich wusste, ich liebe dich, aber ein Teil von mir hielt zurück." Ich lege die Arme um seinen Hals. „Nicht mehr. Mason, ich bin ganz dabei, Herz und Seele."

Er schlingt die Arme um meine Taille. „Das ist schön. Ich fühle mich geehrt."

Wir küssen uns. Ein langer Kuss, der mehr verspricht. Ich nehme seine Hand, führe ihn zur Treppe.

„Fühlt sich an, als wär's ewig her, seit wir Zeit allein hatten", sage ich. „Übersetzung: Nackte Zeit."

„Nackt ist gut."

Er fegt mich von den Füßen, trägt mich nach oben. Romantiker!

Ich streichle sein Nackenhaar. „Kann nicht glauben, dass wir verlobt sind."

„Willst du eine lange Verlobung?"

„Nicht nötig. Wenn's richtig ist, ist's richtig. Ich bin froh, dass wir beide was Kleines wollen."

Er setzt mich oben ab, wird ernst. „May, wenn's okay ist, würde ich Sophie gern offiziell adoptieren, ihr meinen Namen geben. Shaw."

Tränen strömen. „Das wäre wundervoll."

„Meinst du, sie würde das mögen?"

„Scherz? Du bist ihr Traum-Daddy. Sie würde es lieben!"

Wir lächeln uns an. Ich öffne die Tür zu meiner Wohnung im zweiten Stock, er sagt: „Noch eine Frage."

„Was ist mit der Nacktzeit?"

Er nimmt meine Hände, küsst sie nacheinander. Dieser Mann nimmt sich Zeit. Ich sorge dafür, dass es sich lohnt. „Wie wäre ein Baby mit mir?"

Schmetterlinge tanzen in meinem Bauch. Überrascht, aber glücklich. „Ich hoffte immer auf drei Kinder."

„Das hätte ich gern mit dir, May. Ich liebe dich so sehr."

„Ich liebe dich auch."

Er knabbert an meiner Unterlippe. „Nach der Hochzeit. Ich bin nicht die Art Typ."

Ich lache und küsse ihn, er fegt mich hoch, trägt mich weiter die Treppe hinauf. Daran könnte ich mich gewöhnen.

EPILOG

Frühling …

Mason

Es ist die erste Folge der neuen Staffel von *Hot Finds*, und ich bin begeistert, meine beiden Lieblingsmädchen am Set zu haben. Unser Werbespot mit Sophie im Cadillac Coupe de Ville lief so gut, dass wir das Auto und Sophie in die erste Folge einbauten. May ist einverstanden, dass Sophie in der Show ist, weil sie mir vertraut, aber das wird das Ende von Sophies Karriere sein, bis sie achtzehn ist.

„Bereit, Sophie?", frage ich.

Sie nickt begeistert. Sie trägt einen grauen Overall mit ihrem Namen vorn und eine *Hot Finds*-Mütze, genau wie Dad und ich. Sie ist schließlich auch eine Shaw. Nach einer kleinen Hochzeit im Inn letzten Monat habe ich Sophie legal adoptiert.

Ich weise sie an, neben mir zu stehen. Minuten später laufen die Kameras, ich stelle die Episode vor.

„Willkommen zurück bei *Hot Finds*! Eine besondere Folge, weil meine Tochter Sophie hier ist. Sie ist aus demselben alten Holz geschnitzt."

„Daddy! Du bist kein Holz, aber du bist alt." Hitze kriecht mir den Hals hoch. Das stand *nicht* im Skript.

Dad lacht leise, die Crew hält das Lachen zurück. Ich wusste, Sophie vor der Kamera ist riskant, weil sie sagt, was sie denkt, aber Tante Claire, unsere Produzentin, versicherte, das macht gutes Fernsehen.

Ich drehe mich zu May, die über meine Verlegenheit schmunzelt. „May, komm her! Meine schöne Frau, May." Jetzt bin ich auch raus aus dem Skript, so ticken wir in dieser Familie.

Die Kamera schwenkt zu May. Sie winkt sie weg. Sophie rennt, greift die Hand ihrer Mutter, zieht sie zu mir. May errötet, winkt kurz, plötzlich schüchtern vor der Kamera.

Sophie stemmt die Hände in die Hüften, sieht in die Kamera. „Tut mir leid, meine Damen, er ist an meine Mom vergeben."

Diesmal lache ich. May schüttelt den Kopf.

Sophie dreht sich zu mir. „Meine Freundin Olivia H. sagt, alle deine weiblichen Fans wollen dich heiraten, aber jetzt ist es zu spät."

Die Kamera läuft. Ich stelle mir vor, wie Tante Claire später einen Kick daraus bekommt.

„Stimmt", sage ich ernst zu Sophie. „Weil ich deine Mom für immer liebe und dich auch."

„Können wir zum Cadillac zurück?", fragt Dad.

Sophie seufzt. „Das wollte ich ja, Grandpa."

Und die Show geht weiter, wie mein Leben. Voller Menschen, die ich liebe, und ein paar Überraschungen. Wir haben gerade herausgefunden, dass May schwanger ist.

Verpassen Sie nicht das nächste Buch der Reihe, *Der lustige Teil*, in dem Mackenzie die Warnung ihrer Mutter darüber ignoriert, das Cal ein Playboy ist, um direkt in Cupidos Pfeil zu laufen. Die verkuppelnde Mom Hailey hat immer noch ihr Zauberhändchen!

Melden Sie sich für meinen Newsletter an, um per Mail informiert zu werden, wenn *Der lustige Teil* erscheint. https://www.kyliegilmore.com/DEnewsletter

P.S. Sehen Sie sich die Geschichte von Mays Eltern mit der legendären großen Geste ihres Vaters im kostenlosen Buch *Das Gegenteil von wild* an. Masons Eltern haben ihre eigene, urkomische Geschichte in *Ärger im Anzug*.

WEITERE BÜCHER VON KYLIE GILMORE

Die Happy End in Clover Park Serie <<Die zweite Generation der Happy End Buchclub-Liebe!

Der Teil mit dem Küssen (Buch 1)

Der sexy Teil (Buch 2)

Der süße Teil (Buch 3)

Der lustige Teil (Buch 4) *

Der verführerische Teil (Buch 5)*

die neuen Titel erscheinen bald!

Liebe von der Leine gelassen Serie << Heiße romantische Komödien mit Hunden!

Fetching – Deutsche Ausgabe (Buch 1)

Dashing – Deutsche Ausgabe (Buch 2)

Sporting – Deutsche Ausgabe (Buch 3)

Toying – Deutsche Ausgabe (Buch 4)

Blazing – Deutsche Ausgabe (Buch 5)

Chasing – Deutsche Ausgabe (Buch 6)

Daring – Deutsche Ausgabe (Buch 7)

Leading – Deutsche Ausgabe (Buch 8)

Racing – Deutsche Ausgabe (Buch 9)

Loving – Deutsche Ausgabe (Buch 10)

Die Clover Park Serie << Brüder, für die die Familie an erster Stelle steht!

Clover Park: Die O'Hare-Familie

Das Gegenteil von wild (Buch 1)

Daisy schafft alles (Buch 2)

In den Falschen verguckt (Buch 3)

Ein Weihnachtsmann zum Küssen (Buch 4)

Raus aus der Tretmühle (Die O'Hare-Familie – Wie alles begann)

Clover Park: Die Reynolds-Marino-Familie

Vermieter küsst man nicht (Buch 1)

Nicht mein Romeo (Buch 2)

Bring mich auf Touren (Buch 3)

Clover Park Braut (Buch 4)

Gewagte Verlobung (Buch 5)

Retter in der Not (Buch 6)

Eine verführerische Freundschaft (Buch 7)

Ein Geschenk zum Valentinstag (Buch 8)

Die Happy End Buchclub Serie << Die Campbell Familie und ein Liebesromanbuchclub prallen aufeinander!

Hollywood Inkognito (Buch 1)

Ärger im Anzug (Buch 2)

Gewagtes Spiel (Buch 3)

Förmliche Vereinbarung (Buch 4)

Wenn der Bad Boy keiner ist (Buch 5)

Ein Störenfried zum Verlieben (Buch 6)

Schicksalsbegegnungen (Buch 7)

Eine Romantische Chance (Buch 8)

Ein sündhafter Flirt (Buch 9)

Ein unbequemer Plan (Buch 10)

Eine Happy End Hochzeit (Buch 11)

Die Rourkes aus Villroy << Prinzen, bei denen man ins Schwärmen gerät, und ebenso fantastische Prinzessinnen

Königlicher Fang (Buch 1)

Königlicher Hottie (Buch 2)

Königlicher Darling (Buch 3)

Königlicher Charmeur (Buch 4)

Königlicher Playboy (Buch 5)

Königlicher Spieler (Buch 6)

Die Rourkes aus New York

Abtrünniger Prinz (Buch 1)

Abtrünniger Gentleman (Buch 2)

Abtrünniges Schlitzohr (Buch 3)

Abtrünniger Engel (Buch 4)

Abtrünniger Fratz (Buch 5)

Abtrünniger Beschützer (Buch 6)

Die Clover Park Charmeure Serie << süße und sexy Charmeure!

Beinahe drüber weg (Buch 1)

Beinahe zusammen (Buch 2)

Beinahe Schicksal (Buch 3)

Beinahe verliebt (Buch 4)

Beinahe romantisch (Buch 5)

Beinahe frisch verheiratet (Buch 6)

Sehen Sie sich auf meiner Website die aktuelle Liste meiner Bücher an: https://www.kyliegilmore.com/deutsch/

ÜBER DIE AUTORIN

Kylie Gilmore ist die *USA Today Bestsellerautorin* von über fünfzig humorvollen zeitgenössischen Liebesromanen. Zu ihren Serien gehören *Liebe von der Leine gelassen*, *Die Rourkes*, der *Happy End Buchclub*, *Clover Park* und *Clover Park Charmeure*. Mit mehr als drei Millionen Downloads ihrer Bücher lieben es Leser auf der ganzen Welt, sich in ihre urkomischen Wohlfühlromanzen zu flüchten, die sich durch starke Bindungen zwischen Familie, Freunden und der Gemeinschaft auszeichnen.

Kylie lebt mit ihrer Familie in New York. Wenn sie nicht schreibt, heiße Liebesromane liest oder sich bei Konferenzen pflichtbewusst Notizen macht, findet man sie sicher dabei, wie sie gerade mit Freuden etwas kreiert, das sicherlich ein zukünftiges Familienerbstück sein wird.

Melden Sie sich für Kylies Newsletter an, damit Sie keine ihrer Neuerscheinungen verpassen. https://www.kyliegilmore.com/DEnewsletter

Mehr finden Sie auf Kylies Website https://www.kyliegilmore.com/deutsch/

www.ingramcontent.com/pod-product-compliance
Lightning Source LLC
Chambersburg PA
CBHW070548100726

47907CB00004B/1311